NINE SPELL
ナインスペル

オーディンの遺産

II

ODIN'S LEGACY II

村田 栞

装画・鈴木康士

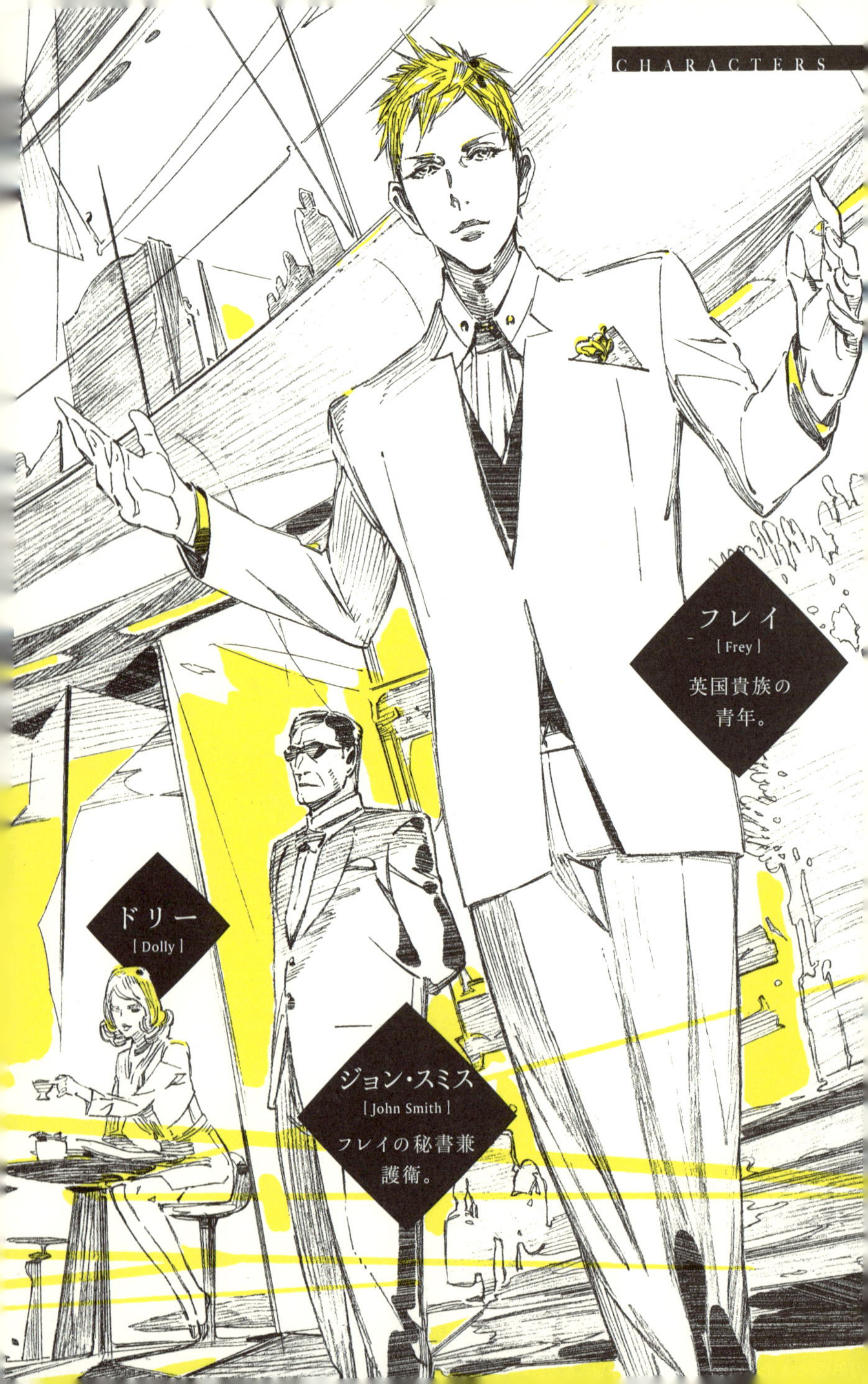
CHARACTERS
フレイ
[Frey]
英国貴族の
青年。
ドリー
[Dolly]
ジョン・スミス
[John Smith]
フレイの秘書兼
護衛。

イース
［Is］
トール神の神器を
守っていた
妖精。
ヴァル
［Vall］
考古学・
文化人類学の博士。
ヴァルキュリアの
転生体。
亮
［Thor］
日本の高校生。
トール神の
転生体。
アリ
［Ali］
フレイが
養育している
少年。

ナインスペル

オーディンの遺産Ⅱ　目次

イラストレーション／鈴木 康士

ナインスペル

オーディンの遺産II

序章

オーディンは問う。

答えてくれ。運命の女神たちよ。果たして武器はあるのだろうか。ユグドラシルを焼き尽くし、神々を地獄へと送り込むような――。


女神たちが答えて言う。

レーヴァテインというものがある。それは神であり巨人であり、男でもあり女でもある者が、その血を混ぜて鍛え上げ、死の扉の下から引き上げた。


オーディンはさらに問う。

運命の女神たちよ。その厄災を防ぐにはどうすればいいのだ。


女神たちが答えて言う。

九つの光を得よ。日、月、星、風、水、炎、大地、樹木、そして心の中にある光を。

そして、それらの力を操るにふさわしい者を選び、与えるがいい。

九つの呪文とともに。

一章

イギリスの富裕貴族サウスリーズ公の次男、フレイ・ロバート・ビスコップの要請に応じて、遠い過去からの因縁を持つ者たちがノルウェーのオスロに集合したのは、夏至祭を一週間後に控えた六月十六日のことだった。

「これが、オークションに出品される予定だったが、盗難に遭ったといわれる剣だ」

ビスコップ・グループが経営するホテルの、スイートルームのリビングで、フレイはリモコンを操作して、スマートボードに剣の画像を表示した。オークション用にネットで公開された時のものである。

スマートボードに向かって、ソファに腰掛けている日本の高校生、武神亮《たけがみとおる》と、妖精のイース、ニューヨークのC大学に勤務するドクター・ヴァル・エリクソン、フレイが養育しているブラジル人アリが、強《こわ》ばった表情で、剣の画像に注目する。

よく磨かれたその剣は、華麗さと優美さと、若干の禍々《まがまが》しさを備えていた。

画像では材質を特定できないが、柄は白磁のように艶のある白で、その上に、波と炎を模した金の装飾が施されていた。柄には、十七世紀頃にヨーロッパで流行した細身の剣レイピアに似て、手の甲を覆う湾曲した金属板がついている。その金属板にも美しい模様が刻まれていた。

一直線の、諸刃の刀身は、斬っても突いても、相手に致命傷を与えられるだろう。刃の中央には細かい文字が彫られているようだが、画像からは読み取れない。

「ネットで公開された時に、ひと目見て、私の剣だと感じたのだが――」

フレイの脳裏に、一瞬、一面の炎の光景がよぎる。

今年の五月、隕石落下をきっかけに、神話として語り継がれるほどの歴史の彼方で存在していた文明の片鱗《へんりん》が姿を現し始めた。

現代では北欧神話とされるその世界には、巨人や小びと、妖精が存在し、亮は最強の雷神トールとして、ヴァルは戦死者を導く女神ヴァルキュリアとして、そして自分自身は富と豊穣の神フレイとして信仰されていたらしい。神といっても一神教でいわれるような全知全能の絶対者ではなく、特殊な能力を持つ人間だったようだ。

亮は、ハンマーを手にした時、トール神の記憶を取り戻した。ヴァルは物心ついた時には、すでにヴァルキュリアの記憶があったという。

しかし、自分にフレイ神の記憶はない。ただ、夢を見る。武器を失ったことを悔いながら、炎に巻かれて死ぬ悪夢を――。

その夢で、炎を喚《よ》んでいるのが巨人だった。北欧神話では世界の終末、神々の運命《ラグナロク》の逸話に相当する。

北欧神話の主要神の一柱フレイ神の生まれ変わりだと言われて素直に受け入れ、巨人退治を率先するほど、フレイはヒロイック気質でもロマンティストでもない。かといって、日本で目にした超常現象を全否定するような科学万能主義者でもない。

巨人の目的は、ラグナロクの再現により人類を滅ぼし、地上の覇者になることだという。それを阻止する力があるというなら、全力で阻止する。想像もつかない脅威から人を守る力があるというのなら全力で守る。

争いは絶えず、格差は埋まらず、犯罪が横行する欠陥だらけの人間社会だが、それでも自分はこの世界の一員だ。黙って壊されるのを見ているわけにはいかない。

前世の記憶もなく、亮のハンマーのような、巨人を倒す武器も持たない。ヴァルほどの豊富な知識もない。けれど巨人に対抗する術《すべ》がないならその術を持てばいい。記憶や知識がないなら、身につければいい。

五月の事件の後、フレイは対巨人戦を想定した武器開発や戦闘員の育成に着手した。また、フレイが経営するアジア・パシフィック・ビスコップの中から優秀かつ信頼できるエンジニアを引き抜き、巨人や北欧神話にまつわる情報収集と巨人戦のシミュレーションに徹底した情報部隊を組織した。

その甲斐あって、六月の初旬に、その対巨人情報部隊がネット上でこの剣を発見したのである。剣は、オスロで開催されるオークションで出品されることになっていて、本物でも偽物でも競り落とすつもりだった。しかし、その剣はオークションを目前にして盗難に遭い、今もって行方がわからない。

「確かに、フレイ神が持ってたのは、こんな形の剣だったような気がするけど、どう？」

亮が、ヴァルとイースを振り返った。

「間違いないわ。あたし、柄の模様に見覚えあるもの」

神話時代から生きてきた最後の妖精、イースもうなずいた。

「僕も憶《おぼ》えていますが、この剣は、腐食も劣化もしていません。最近作られたレプリカでは？」

現在は考古学者及び文化人類学者として、数々の遺跡を発掘しているヴァルは、そう言って画像に目を凝らす。

「けど、俺のハンマーだって、最初は錆《さ》びてぼろぼろだったけど、今は新品同様だよ」

亮がポケットからスマホサイズのハンマーを出して見せると、

「ハンマーは、真の持ち主の血と呪文とで、本来の力を取り戻すように術がかかってたからよ。フレイの剣は火も水も操る剣だったもの、特殊な造りだったんじゃないかしら」

ラグナロクの後もハンマーを守り続けてきたイースが応じる。

「剣の説明は、レーヴァテイン――ただその一言で、年代も作者も何も公開されていない」

フレイは、画像中の剣の説明欄を拡大した。

「レーヴァテイン……。北欧神話の原典、古エッダに登場する武器の名前ですね。破滅の枝、裏切りの杖などいろいろな訳があり、剣であるとは限らないと研究者の中ではいわれています。また、元々の写本では違う表記がされていて、何とも不確かな存在です。ラグナロク最後の時、炎の巨人スルトが持っていた剣であるともいわれていますし、フレイ神の剣と同一視されることもありますが……」

「トールの記憶の中に、フレイ神の剣の名前は出てこないけど――。レーヴァテインは、フレイの剣で、スルトの剣と同じってことは、大昔、盗まれたフレイの剣は、スルトの手に渡ったってこと？」

ヴァルの説明を受けて、亮が尋ねる。

「そういう説を唱える研究者がいるというだけのことです」

彼によると、神話では、フレイは巨人の娘を娶《めと》るために、自分の剣を従者に持たせたというエピソードがあるだけで、それきりフレイの剣の行方については触れてないという。またレーヴァテインは、スルトの妻が保管しているという詩があるだけで、スルトの剣であるとは書かれてないとのことだ。

そもそもそれらの神話は、後世の創作で、事実とは異なるらしい。

フレイ神とスルトとの対決の時には、ヴァルはすでに戦死し、イースはトールの形見のハンマーその他を持って、大陸の東へと移動中だったため、二人ともスルトの剣を見ていないとのことだ。

「それで、そのレーヴァテインの持ち主は誰なのですか？　盗まれた経緯は？」

ヴァルに話を促され、フレイは画像を切り替えた。スクリーンに、丸顔で目も鼻も口も大きい男の顔写真が映る。

「出品者は、マルコ・トヴェイト、四十歳。ノルウェー国籍の古物商だ。剣は、マルコが経営しているアンティーク・ショップの金庫に保管されていた。マルコが警察に出した被害届によると、一昨日の朝、彼が店へ行ってみると、金庫から剣が消えていたそうだ。対巨人用情報部隊に犯人及び剣の行方を追わせているが、今のところ手がかりはない」

「その剣がオークションに出されることは、もっと前から決まっていたんだろ？　盗まれるとか予想して見張っていなかったのか？　ってか、何でオークション前にマルコと直接交渉してレーヴァテインを買わなかったんだ？」

亮が意外そうな顔で尋ねる。

「静観していたのは、私以外にレーヴァテインに興味を持つ者がいないか知りたかったからだ。無論、アンティーク・ショップだけでなくマルコの自宅にも隠しカメラと盗聴器を仕掛けておいた。だが、自宅にも店にも不審人物が侵入した形跡はない。警察がどの程度の手がかりをつかんでいるのか調べさせているが、詳しいことはまだわからない」

「隠しカメラや盗聴器に不審人物の形跡がないにしても、オークション前に、誰かレーヴァテインを買おうとした？」

「いや、特に問い合わせはなかった。しかしマルコはかなり怪しい。五月に入ってから、北欧神話に関連した品を、頻繁にオークションに出している。すべて、最近作られた偽品だったが」

「五月に入ってからって、俺がハンマーを手に入れてからってことだよね。確かに怪しい。もしかしてマルコは巨人とか？」

「通院歴があるので人間であることは間違いない。昨日、レーヴァテインの入手経路も含め、彼が巨人について、どの程度のことを知っているのか探るつもりで電話した。なかなか食えない男だ。報酬次第で情報を流してもいいようなことを言っていた。明日、カール・ヨハン通りのロフォーテンというレストランで十二時に待ち合わせている」

フレイは、秘書兼護衛のジョン・スミスに目配せして、サイドテーブルに準備しておいた小箱を持ってこさせた。ふたをあけ、小型のワイヤレスイヤホンと腕時計を、亮とヴァルに差し出す。

「ビスコップが開発したウェアラブル・コンピューターだ。腕時計型のスマホだと思ってくればいい。衛星通信もできるし近距離無線通信もできる。同時音声翻訳アプリをインストールしておいた。

対応言語は二十。もちろん方言も含めたノルウェー語が入っている」

　亮とヴァルはイヤホンを耳に入れ、時計を腕につけると、さっそく設定を始めた。

「これがあれば、俺とドクターとイースだけで十分。フレイは行かない方がいい」

「なぜだ？」

「なぜって——俺がオスロへ来る前に、電話で話しただろ？　巨人はフレイをオスロへ呼び寄せて、殺すつもりなんじゃないかって。マルコと会う予定の場所に、巨人が待ち伏せてるかもしれないよ」

　イースやヴァルによると、フレイ神の剣は巨人を殺すことができるばかりでなく、天候を操ることができたらしい。しかし、その剣は扱いが難しく、フレイ神以外の者には使いこなせなかったという。つまり、巨人がフレイ神の剣を手に入れたところで、雨も風も喚べない。

　巨人がレーヴァテインを盗んだのだとすれば、その目的は、フレイに剣を取り戻させないためだろう。それだけでなく、巨人は今のうちにフレイを殺したいと考えているはずだ。フレイが自分の剣を手に入れれば、巨人にとって脅威となる。

「僕も、罠だと思います」

　ヴァルが話に加わった。

「今はっきりしているのは、レーヴァテインの名が冠された剣の画像を見て、フレイが自分の物だと感じたことと、そのレーヴァテインが何者かに盗まれたこと。それだけです。レーヴァテインが本物なのかレプリカなのかわかりませんし、窃盗犯が巨人だとも言い切れません。ただし、神代において、フレイ神の剣がスルトにわたったという説があるので、それは無視できません」

「巨人には、レーヴァテインで天候を操ることはできなくても、炎ぐらいは喚べるのかもしれないってことね。あたし、それは考えたことなかったわ」

イースが青ざめる。

「もしも、レーヴァテインが本物で、フレイの剣でありスルトの剣でもあって、盗み出したのが巨人であるなら、フレイを罠にかけるまでもなく、巨人はこの世界を火の海にするでしょう。でも、もしもそうなら、マルコは真っ先に逃げるはずです。フレイに会って、報酬次第で情報を流すなんて余裕はありません。だから、僕は、盗まれたレーヴァテインはレプリカだと思っています。マルコには神代についての知識があり、フレイ神の生まれ変わりが、情報ごと高値で買ってくれることを期待して、レーヴァテインのレプリカをオークションに出品したのだと思います」

長らく遺跡の発掘に携《たずさ》わってきたヴァルには、神代の遺物が詳しく鑑定もされず、レーヴァテインの名だけを記してオークションに出品されるとは思えないとのことだ。

「それはともかく、盗まれたのがレプリカであっても、盗んだのが誰であっても、レーヴァテインは巨人には扱えないとしても、巨人が今のうちにフレイを殺してしまいたいと考えていることは、ほぼ間違いありません。川本《かわもと》が亮を襲ったように」

——上からの指令だ。お前たちは、我らの悲願達成の邪魔になる。

青木《あおき》ヶ原《がはら》樹海における大量殺人犯の巨人——川本は、富士川《ふじかわ》河口の地下でそう言っていた。彼は亮がトールだと見抜き、樹海で襲ったり、富士山《ふじさん》の宝永《ほうえい》火口で生き埋めにしようとしたりした。巨人には神の生まれ変わりを察する力があるらしい。

川本がフレイをフレイ神の生まれ変わりだと気づいて、巨人の組織に報告したか否《いな》かは不明だが、フレイがレーヴァテインに興味を持つ者を探っていたように、巨人もフレイ神の生まれ変わりがマルコに接触するのを待っているのかもしれない。

実際、フレイはマルコに会おうとしている。巨人がフレイを殺すための罠を張っている可能性は高いと、フレイも思う。

「罠だとしても、私は、この事件を利用して、巨人の組織の全容をつかみたい」

川本は、人間とすり替わって戸籍を手に入れた。川本が宝永火口を掘った時には、自衛隊の出動に横やりが入った。人間に化けた巨人が、日本の司法行政の要職に就いていて、同族のために便宜を図っていることは間違いない。

「ラグナロクを再現させるには、それなりの組織力が要《い》る。川本は、巨人の総人口は二千を割っていると言っていた。その人数では戦略を綿密に練らなければ、世界を手に入れることはできない。川本が上からの指令だと言っていたことからもわかるように、統率する者が存在し、世界中の巨人に指示を出しているはずだ。しかし、対巨人情報部隊の調査でも、その人物がなかなか絞り込めない」

「だからって――」

心配そうな亮の言葉を遮り、フレイは言い募った。

「巨人とつながりのある者を、一人でも押さえることができれば、その者が過去に接触した人物や、指令文と思われるメールや書簡等を調べることで、人間に紛れている巨人を芋づる式に特定できる。今回はそのチャンスだ。そして、巨人のターゲットは私だ。彼らの組織を潰せるなら喜んで身を投げ出そう」

「首謀者を特定するために、囮《おとり》になるつもりですか」

ヴァルも不安げだ。

「その過程で、私の剣も見つけたいと考えている」

武器を失ったことを悔いながら、炎に巻かれて死ぬ夢は、今もまだ見る。武器を取り戻さなければ、悪夢は終わらない。ラグナロクがまた繰り返されてしまう。

「マルコは必ず何か知っている」

フレイはスクリーンに映したままのマルコの顔写真に視線を移す。レーヴァテインをオークションに出そうとしていた古物商は、狡猾《こうかつ》そうな笑みを浮かべて、こちらを見ていた。

しかし翌日、マルコは、約束の時刻にレストランに現れなかった。


「マルコの携帯は電源が切れているらしく、端末の位置情報が得られません」

リムジンに乗り込みながら、情報部隊と連絡を取っていたジョン・スミスが報告した。

マルコは約束の時刻を三十分以上過ぎても来なかった。情報部隊によると、街頭防犯カメラの映像には、十一時ちょうどに、自身が経営するアンティーク・ショップを出て、タクシーでレストランのあるカール・ヨハン通り方面へ向かうマルコの姿が確認されたが、このレストランの周囲に配置した私服の対巨人部隊の戦闘員はマルコを見ていないとのことだった。そこでタクシー会社に問い合わせると、途中でマルコの携帯に電話がかかってきて、目的地をヴィーゲランに変更したという。マルコの自宅がある地区である。

情報部隊によると自宅前の街頭防犯カメラには、家へ入っていくマルコが映り、それきり出て行った様子はない。けれど、家に仕掛けた隠しカメラには映らないという。そのことを不審に思ったフレイは、マルコの自宅を訪れることにしたのである。

彼の自宅は、レストランから車で三十分ほどの、ヴィーゲラン公園近くの住宅街にある。

移動中の車内で、フレイは隠しカメラの映像をタブレットでチェックする。四分割された画面には、それぞれ正面玄関とリビング、キッチン、寝室が映っているが、いずれの映像にも人影はなく、まるで静止画のようにひっそりとしている。

「それにしても、家へ帰ったのに隠しカメラに写らないって、どういうことなんだ?」

亮がタブレットをのぞき込んできた。

「マルコが、盗聴器と隠しカメラに気づいて細工したのだろうが、どちらもビスコップが開発した最新鋭のもので、専門家でなければ見つけることはできないし、操作もできない」

「マルコはただの古物商じゃないってこと?」

「そのようだな」

リムジンが止まった。運転手がドアを開け、フレイはタブレットを片手に車を降りる。

マルコの自宅は、木造の一軒家だった。前面は広い芝生の庭で、両隣とは低い柵で仕切られている。

「あ、こらアリ」

亮が止めるのも聞かず、アリは、さっそく玄関ポーチへ駆けていって、チャイムを鳴らした。

しかし応答はない。

フレイは、ポーチに立って耳を澄ませたが、家の中からは物音一つせず、タブレットの映像にも相変わらず人影がない。

ジョン・スミスに目で合図すると、彼は上着の内側から銃を出して安全装置を外し、左手でドアノブに手をかけて、そっと回す。

「鍵がかかっていません」

「偵察してくるわ」

車中で変身したのか、妖精姿のイースが舞ってきた。ジョン・スミスが音を立てないようにわずかに隙間を空け、彼女はそこから屋内に滑り込む。

フレイはタブレットに目を落とした。四分割された画面には、相変わらず無人の室内が映っている。

「隠しカメラにイースが写らない。都合の悪い場面では、無人の映像が流れるようマルコは細工したようだ」

フレイのつぶやきに、亮が眉をひそめる。

「じゃ、誰もいないと思わせておいて、実はいろいろ出入りがあったとか？」

そこへイースが戻ってきた。

「入って。大丈夫、誰もいないわ。生きてる人はね」

彼女は、苦い顔で言った。

玄関ドアを開けると、広いリビングだった。ソファーの上には、上着やタオルが乱雑に置かれ、テーブルには空のグラスや酒瓶が載《の》っていた。床には新聞や雑誌が散乱している。

「マルコは独り暮らしだったようですね。食器や衣類が一人分しかありません。この散らかり方は、ハウスキーパーも雇っていなかったと思われます」

イースの後について奥へ進みながら、ヴァルが室内を見回す。

「独身であることは調査済みだが、この様子では、友人を家に招くこともなかったようだな」

これでは、マルコの私的な交友関係を調べるのも容易ではなさそうだ。

「隠しカメラも、盗聴器もありません。この中に仕込んだと聞いていますが」

ジョン・スミスは薄手の手袋をはめ、窓際に飾られていたフクロウの置物を手にとって調べていた。

「隠しカメラと盗聴器は、ここにありますよ」

ヴァルがテレビの横に置かれたノートパソコンを指さした。ディスプレイには、無人の家が映され、タッチパッドの上には、豆粒ほどの機械がいくつか置かれている。

「信号を乗っ取って、偽の映像を送信させていたのだな」

思った通り、マルコはただの古物商ではないようだ。

「こっちよ」

イースが奥の部屋へ飛んで行き、ドアが開いたままのその部屋へ入ろうとして、フレイは足を止めた。背後で、亮が息を呑む。

そこは、五メートル四方ほどの部屋で、茶系のペルシャ絨毯が敷かれ、奥にはカーテンが閉まったままの窓、左手にはクローゼットの扉があり、右側にはヘッドボードを壁に接するようにして、大きなベッドが置かれていた。

マルコは、スーツを着たまま、そのベッドにうつぶせに寝ていた。顔を天井に向けて。

「何があった？　アリも見たい」

割って入ってこようとするアリを、亮が抱きかかえる。

「亮とアリはそこで待っていろ。ドクター、マルコを見てくれないか？」

ヴァルは、検死についての知識も豊富だった。彼はショルダーバッグから、体温計とビニール手袋を出してそれをはめ、マルコに近寄って曲がった首に触れる。

「死因は、頸椎《けいつい》骨折によるものでしょうね。警察を差し置いて遺体をひっくり返せないので、他に外傷があるか調べられませんが――」

「着衣も大して乱れていませんし、海兵隊などの特殊な訓練を積んだ兵士でなければ、これほど鮮やかに殺せません」

フレイの背後で、ジョン・スミスがささやく。

「死後硬直も起きていませんし、体表面温が三十四度あります。亡くなってから二時間は経っていないでしょう」

耳に差し込んだ体温計の表示画面を見ながら、ヴァルは言った。

現在時刻は午後一時一〇分、十一時二十四分に街頭防犯カメラが、家に入るマルコをとらえているので、彼は家に着いて間もなく殺されたことになる。

続いて、ヴァルは死体の右側に回り込んだ。かがんでマルコの右手の辺りに顔を近づけた。

「硝煙の匂いがしますね。それから、これが——。何発か撃っているはずです」

と、彼は二十二口径のオートマチックをつまんで持ち上げた。

「ベッドの脇に、薬莢《やっきょう》が落ちています」

ジョン・スミスが、ベッドの手前の床を指さした。見ると、八個の空薬莢が、半ば絨毯に埋もれるようにして、まとまって落ちている。八個は、その型の拳銃の装弾数だ。

「薬莢の向きからすると、マルコはこちらに向かって撃ったと思われます」

「マルコは、ベッドを背にしてドアに向けて銃を撃ち、全弾撃ち尽くした後、首を折られてベッドへ放り出された——」

フレイは、ドアや、壁、天井を見回した。しかし、弾の跡はない。

「全弾命中させたのか？」

ベッド脇からドアまで約二メートルだ。拳銃を扱い慣れていれば、すべて命中させても不思議ではないが——。

「貫通しにくいソフトポイント弾を使用したのでしょうが、それにしても……」

ジョン・スミスも訝しげだった。

「撃たれた者の血痕がない」

フレイは床を凝視した。薬莢がまとまって落ちているのは、狙うべき対象が一人だったことを示す。八発もの銃弾を受ければ、それなりの出血があるはずだ。試薬を使えば見えるかもしれないが、少なくとも目視できるほどの血痕はない。

「拭き取ったか、でなければ――」

そこでフレイは、足下の絨毯に、弾丸がいくつか埋もれていることに気づいた。

胸ポケットからチーフを出して、そのうちの一つを包むようにして拾う。目の前に掲げると、潰れた弾丸の側面に、赤黒い血の筋が絡みついているのが見えた。

「かすっただけなら、ここまで弾は潰れません」

ジョン・スミスの声は、微かにうわずっていた。

「それに、ベッド脇から撃った弾が、腕なり肩なりをかすったのなら、弾は壁かドアに当たるはずだ」

フレイはうなずいた。

「つまり、撃たれたのは……」

震える声でつぶやいたのは亮だった。彼も、川本が撃たれた時の様子を思い出しているのだろう。

富士山の宝永火口で、巨人の川本は、フレイとジョン・スミスに銃弾を撃ち込まれた。けれど川本は倒れることもなく、その体から弾を押し出したのである。しかも、出血はほとんどなく、銃創は見る間にふさがった。撃たれたのが巨人だとすれば、残された弾丸や壁に弾の跡がないことなどの説明がつく。

「マルコは巨人を撃って、そしてその巨人に殺された？」

「そういうことになるな」

巨人につながっていたと思われる人物が、一人消えてしまった。

「せめて目撃者がいれば――」

近所の者が銃声ぐらいは聞いているかもしれないが、窓のカーテンが閉じられているため、外から室内の様子は見えない。隠しカメラと盗聴器は外されていたし、屋外の監視カメラも、この家に侵入する不審人物をとらえていない。

「近所の聞き込みは、プロに任せよう。ジョン・スミス、警察に通報しろ」

言いながら、フレイは、チーフに包んだ弾丸を胸ポケットに忍ばせた。


「オスロ警察のペッター・ハスホフト警部です。あなたが第一発見者ですかな」

やって来た警官を、フレイは思わず凝視した。北欧の男性はおしなべて身長が高いが、彼は特別だ。身長は優に二メートルを超え、体重百五十キロ以上と思われる巨漢だったからである。

川本の例もある。巨人がオスロ警察の警部をやっていても、なんら不思議はない。亮やヴァルも胡《う》乱《ろん》げな様子で目を見交わしている。

「何か私の顔についておりますかな?」

フレイにじっと見つめられ、四十過ぎと思われる警部は、たるんだ頬を赤らめた。

「失礼。あまりに堂々たる体型をしているので、思わず見とれてしまいました」

「おお、そ、そうでしたか。いやその、光栄です」

何を勘違いしたのか、ペッターは耳まで赤くなった。

「お名前は？」

「フレイ・ロバート・ビスコップです」

「イングランドの方ですか？　ビショップではなく、ビスコップ？　珍しい苗字——」

そこで彼は、書き付けていたメモから顔を上げ、「もしや、サウスリーズ公のご子息⁉」と、目を丸くした。

「サウスリーズ公の御次男にあらせられます」

ジョン・スミスが恭《うやうや》しく紹介し直し、フレイが手を差し出すと、

「たたた大変失礼いたしました」

ペッターは、今度は青くなって、フレイの手を握り返す。これが演技だとしたら大したものである。

「では、みなさん。署へ来ていただき、遺体発見までのいきさつなど、詳しい事情を聞かせていただけますか？」

亮やヴァル、ジョン・スミスの姓名を確認するとペッターが言った。

ジョン・スミスは、不服そうだったが、警察署へ行けば、ペッターが人間のふりをした巨人なのか否か、見極める手段を講じる機会が得られる。警察の鑑識の結果も知りたい。

寝室では、鑑識官が写真を撮ったり、部屋の指紋を採ったりしていた。

（さて、弾丸の血痕について、彼らがどんな結論を出すか——）

弾丸を拾ってビニール袋に入れている鑑識官を一瞥《いちべつ》し、フレイはペッターの案内に従って部屋を出た。

まさかこのオスロで、思わぬ人物の邪魔が入るとも知らずに。


警察署の一階フロアを、長身の青年が、つかつかと大股で歩く。灰色がかった茶色の短髪は、きっちりとセットされ、髪の色に合わせた茶色のスーツも、同系色のネクタイも、白いワイシャツも皺一つついていない。

真っ直ぐに正面を見据えた茶色の目は鋭く、鼻筋は真っ直ぐに通り、小鼻は小さく、薄い唇は一文字に引き結ばれている。かなりの美貌の持ち主だが、王者のような風格に加え、纏《まと》う雰囲気に一分の隙もないため、美しいと感じるよりも先に、圧倒されてしまう。青年の前後には、ダークスーツにサングラスの男たちが歩いているのだが、彼らが放つ剣呑そうな気配も、それを助長していた。

その証拠に、警察署の職員のある者は青ざめ、ある者は身をすくませて、顔色をうかがうようにして彼を目で追う。

「フレイ」

決して大声ではなかったが、怒気を含む恐ろしげな青年の声が、フロアにいた者すべてを凍りつかせた。――ただ一人を除いては。

ちょうどその時、フレイはパーティションで仕切られた小部屋で、指掌紋《ししょうもん》自動押捺《おうなつ》装置に手の平を押しつけている最中だった。

「リチャード、なぜここに？」

凍りつかなかった唯一の人物、フレイは眉間に寄せた皺を一瞬で消して、自分を呼んだ青年を振り返る。彼はロンドンにいるはず――と考え、毎年、夏至祭前には、ビスコップ主催の慈善パーティーがオスロで開かれることを思い出す。

「言うまでもなく、馬鹿な弟を、即警察から解放させるために来た」

「私たちは警察に協力――」

「知っている。マスコミには箝口令《かんこうれい》を敷いたが、ビスコップ家の次男が、殺人事件に巻き込まれたなど噂されるのは望ましくない」

「その程度の手配は私が自分で――」

「最近のお前の行動には不審な点が多い。戦闘員や諜報員を集めて特殊部隊を創設したそうだな。新たな兵器開発に着手したとも聞いている。アジアにも政情不安定な国があるのは認めるが、自衛にしては行きすぎだ。それに加えて、今回の殺人事件では、放っておくこともできんだろうが。私は市長との懇談があるのでこれで失礼するが、今すぐにホテルへ帰るのだ。なお、明日は恒例の夏至祭慈善パーティーだ。せっかくオスロにいるのだから、お前も必ず参加しろ。これは命令だ」

彼は早口でそう言うと、くるりと踵《きびす》を返して警察署を出た。まったく取りつく島も無い。

「い、今の誰？　フレイにあんな口をきくなんて……」

唖然としてこれまでの会話を聞いていた亮が、彼の背中を見送りながら尋ねた。

「ヨーロッパ・ビスコップのCEOにして、サウスリーズ公の御嫡男《ごちゃくなん》、リチャード・ジョージ・ビスコップ侯爵にあらせられます」

代わりに答えたのは、ジョン・スミスである。

「……御嫡男？　つまりフレイのお兄さん？」

「はい。次期サウスリーズ公でもあられます」

「私が人の道を外れないよう心配してくれるのはありがたいのだが……」

フレイがぼやくと、「言いたいことはわかる」と亮は深くうなずいた。


「フレイが、素直に帰るとは思わなかった。さすがのフレイも、あのお兄さんには逆らえないんだね。じゃ、慈善パーティーにも行くの？」

ホテルに帰ると、亮はそう言って、ティータイムに供されたスモークサーモン入りサンドイッチに手を伸ばす。

「兄に嫌だと言っても通用しない。彼はどんな手を使ってでも自分の意思を押し通す。それに、慈善パーティーには、ビスコップの権力が及ばない政財界の要人たちも招かれる。その中に、巨人と関わりのある人間が紛れ込んでいる可能性がある。直接会って様子をうかがうチャンスだ」

「フレイ、お兄さんに自分が神の生まれ変わりだとか、巨人に命を狙われてるってこと、打ち明けてないんだね。俺も両親に言ってないけど」

亮の言葉に、フレイは険しい表情を和らげて、苦笑を浮かべる。

「兄は、私に対して過保護過干渉なのだ。いつまでも悪夢に怯える小さい弟だと思っているらしい。巨人の存在を信じるか否かはともかく、命を狙われていると知れば、サウスリーズのカントリーハウスに幽閉するだろう」

「それは大変ですね」

ヴァルが気の毒そうに笑う。

「俺、殺人事件とか遺体とかって慣れない。マルコと巨人ってどういう関係だったんだろう。何でマルコは殺されたんだろう」

亮は、気重な様子で食べかけのサンドイッチを皿に戻した。

「レーヴァテインの行方も気になるわよね。あの剣を盗んだのはてっきり巨人だと思ってたけど、今日になってマルコを殺す意味がわからないわ」

そう言ったのはイースである。

「マルコはタクシーでレストランに向かってたのに、途中で電話がかかってきて自宅へ戻ったんだろ。電話をかけて来たのは巨人なのかな？」

「先ほど、情報部から電話の発信源は、オスロ市内の公衆電話からだったと、連絡がございました。なお、そこは街頭防犯カメラの死角になっており、誰が電話をかけたかは不明だそうです」

ジョン・スミスが答える。

「それが巨人だとして、マルコは、なんで自宅に戻ったんだ？」

「私よりもいい条件を提示されたのかもしれない」

フレイが答えると、亮はわずかに目を見開いて「条件って？」と聞き返した。

「最初に電話した時、マルコは報酬次第で知っていることを私に話すと言っていた。その言葉は真実だったのだろう。情報に五百万ノルウェー・クローネ出すつもりだったが盗まれて残念だと言ったら、会って話したいとのことだった。だが、レストランへ向かう途中の電話で、巨人にそれよりも高額の報酬を出すとでも言われたのではないか？　けれど、巨人は金を払わずに口をふさいだ」

「僕は今まで、レーヴァテインはフレイを釣るための偽物だと思っていましたが、案外、マルコは本物を持っていたのかもしれませんね。警察の捜索で、何か手がかりが得られるといいのですが」

と、ヴァル。

「警察はあてにならないんじゃない？　ペッターっていう警部、縦にも横にも大きかったよね。あの人、巨人じゃないかな」

川本を思い出してるのか、亮の表情は少し暗い。

「警察署にいる間に、ネットワークに侵入するパスワードを手に入れることができていたら、効率よく探れたのだが」

リチャードがやってきて、その計画が実行に移せなかったのである。

「あたしにコンピューターの知識があればねー」

人の姿で、クッキーをかじりながら、イースが肩をすくめる。

「イースには、いずれ鑑識の結果を探りに行ってもらう」

フレイは、テーブルの脇に置いた小さなビニール袋に目をやった。中には、マルコの寝室で拾った血液つきの弾丸が入っている。

「その血液をビスコップの医療チームに検査をさせれば、おそらく人間の血液ではないという結果が出るだろう。もしも警察が人間のものだという結果を出せば、警察内部に巨人とつながりのある者がいることになる」

「それがあの警部かどうか調べて、そこから巨人の連絡網を探るのね」

「巨人が戦いをしかけてくる前に、指令的役割を果たしている者を見つけ出したい」

「巨人の親玉を見つけるのは賛成だけど、組織の全容がわかったとして、その後はどうするんだ？」

亮は不安そうだった。

「相手の出方にもよるが、方法はどうあれ、二度と人間に手出しできないようにする。降伏するようなら施設へ収容するし、徹底抗戦の姿勢を見せるようなら、戦うまでのこと」

「収容とかって、まるで犯罪者みたいだよ。ビスコップの力があれば、巨人の居住地とか作れるだろ？俺は共存する道を考えたい」

それを聞いて、「共存!?　亮、あんたまだそんな寝言を言ってるの？」と、イースが目を剝く。

「俺、戦争は嫌なんだ」

亮は、真剣な表情で、イースとフレイとを交互に見た。

「戦わずに事態を収束させられるのならそれにこしたことはない。だが、巨人の方で、人間を殲滅《せんめつ》したいと考えているのだぞ。降伏した場合の処遇については話し合いの余地はあると思うが」

亮が言うような条件で巨人が納得するとは、フレイには思えない。

「話し合う必要なんかないわ。全滅させるに決まってるでしょう」

「全滅？」

今度は亮が目を剝く番だった。

「巨人にだって平穏に暮らしたいって考えてる人がいるだろ。そういう人たちも全部追いかけて、殺せっていうのかよ？　彼らだって命ある生き物なんだ。俺たちに、その命を奪う権利があるとは思えない」

「皆殺しにしなきゃ、生き残った巨人が復讐に来るでしょ！　亮、あんたが言ってるのは、ただのきれい事よ！」

イースの赤紫の目はつり上がっていた。アリがソファの端に寄って縮こまる。

「目の前で、姉が、妹が、両親が――仲間たちが、羽や手足をもがれて血にまみれ、もう誰のものかわからない遺体の上に積み重ねられていくのを見ても同じことが言える⁉　逃げ惑う仲間たちの体中に槍を突き立てて、誰が一番長く生きていられるかなんてゲームしてたのよ！　あいつらは命をもてあそんで楽しんでた！　一万年経《た》ったって、みんなの悲鳴があたしの耳から離れない‼」

赤紫の瞳はうるみ、今にも涙がこぼれそうだった。

「あんたが、トール様の生まれ変わりなんて信じられない！　オーディンは転生の呪術を間違えたんだわ！　あたしは、あの光景を忘れない！　あの時、あたしはみんなに誓ったの。仇を取るって！」

こぼれかかる涙を見せまいとしたのか、イースはぷいっと背を向けて部屋を出て行ってしまった。

「俺だって、その光景を憶えている……」

彼女が消えたドアを見つめ、亮がつぶやいた。

「全部の巨人が殺戮を楽しむような残忍な生き物であれば、共存はできない」

「亮、巨人が、そんな残忍だったわけじゃないんだ。でも戦争になると狂うんだよ。人間も巨人も」

亮はうつむき、「トール、ってか俺も……」と、つけ加えた。

それを聞いて、フレイは、富士川河口の地下で亮がハンマーを手にした時、一瞬、雰囲気が変わったことを思い出す。

「やられたからやり返すっていう恨みの輪を、どこかで断ち切らなきゃならない。でも、その方法が皆殺しってのは……。それじゃ、人間を滅ぼしたがってる巨人と同じだろ？」

「お前の考え方は嫌いではない」

半分は慰め、半分は本気でフレイは言った。命を尊ぶ亮の倫理観は好もしい。

「だが、巨人族が住処《すみか》を得るために人類を滅ぼすというなら、私は人間の安住の地を守るために巨人に抗う。たとえそれが殺戮というやり方になっても」

フレイが亮を見つめると、彼は唇を震わせてフレイを見つめ返してきた。

「和解交渉するにしても、交渉相手が不明では話にならない。今は、私の剣を手に入れることと、指令的役割を果たしている巨人を特定することに専念しよう。お前のハンマーと私の剣があれば、巨人に対する相当な抑止力になるだろう」

「そうだね」

そこで亮は目をそらし、弱い笑みを浮かべて「部屋へ戻る」と、席を立った。アリがその後を追う。

「イースが亮をトールだと認めないのもわかる気がします。亮はトールの生まれ変わりとは思えないほど優しいですね。トールは味方を守るためには、敵に容赦しませんでしたよ」

亮が部屋を出ると、ヴァルは微苦笑して、小さなため息をついた。

「それが亮のいいところだ。しかし、最前線に出すには心許《こころもと》ない」

過去世では最強の雷神トールだったとはいえ、今の亮は日本で暮らす一高校生だ。そこへ、思いもかけず巨人を殺せる武器の持ち主となって、相当の重圧を感じているのだろう。トールの記憶が戻った今も、人間らしさを失わずにいたいと願う彼に対して、フレイは一抹《いちまつ》の懸念を抱く。けれど、一方では、亮のその思いに希望を見いだしてもいた。自分とは異なる価値観で未来を思い描く彼の存在があるから、あらゆる可能性を模索し続けられる。

(亮を守る者が必要だ。背中を預けられる仲間が要る)

彼の代わりに、巨人を殺せる者、汚れ役を引き受ける者が——。

(やはり、私が武器を手に入れなければ)

フレイは自分の右手に目を落とした。

（俺だって、忘れてない……）

自分の部屋へ戻ると、亮は、窓の外を眺めながら、浅いため息をつく。

北欧らしい情緒に満ちた街並みと、遠くに見えるフィヨルドの景色は、明るく輝いていたが、亮の心は晴れない。

目に映っているのは、現在のオスロの景色ではなく、遙かな過去の記憶だった。

根こそぎ倒れていく森の木々、崩れていく石造りの城。怒号をまき散らしながら、次々と巨人を血祭りに上げていく自分。世界の終末、ラグナロク――。

イースが言っていたのは、妖精の国アールヴヘイムでのできごと。

転戦を繰り返していたトールは、巨人族によるアールヴヘイムへの侵攻を聞いて、軍を率いて駆けつけた。その時に、妖精を殺して楽しむ巨人たちを見た。

トールは怒った。巨人を一人殺す度《たび》に、その怒りを愉悦に変えていった。血に酔うとはこのことなのだろう。そうでもしなければ、仲間を失った悲しみは癒えず、苛烈な戦場を生き残ることもできない。

「元気だして」

アリが心配そうな顔で、亮の手を取る。孤児のアリは自称十五歳だが、体つきが小五ぐらいであることを考えると、実際はもう少し幼いのかもしれない。

そこでドアチャイムが鳴り、インターホンから「ルームサービスです」という声が聞こえた。

入室を許可すると、ドアが開き、客室係がワゴンに菓子や果物、飲み物のセットを乗せてやってきた。

「コリン！」

アリは、すっかり馴染みになった客室係の名を呼び、ワゴンに駆け寄った。

「お戻りと伺ったので。ティータイムはお済みですか？」

「済んだ。でも、アリ、ココア飲みたい。お菓子も食べたい」

「亮様は？　日本茶をお淹《い》れしましょうか？」

「日本茶もあるんだ。じゃあ、せっかくだからお願いしようかな」

高級ホテルに泊まった経験がほとんどないので今まで知らなかったが、ＶＩＰルームやスイートルームには専属の客室係がつき、掃除やタオルの交換だけでなく、身の回りの細々としたことをやってくれるのである。

「日本茶の淹れ方、上手だね」

急須に茶葉を入れ、湯を注《そそ》いでゆっくりと揺らす彼の手つきを見て、亮は母を思い出す。

「抹茶を点《た》てることもできますよ。日本の文化にとても興味があります。日本へ行ってみたいです」

客の出身国の話題を提供するのもサービスのうちなのだろうが、やはり嬉しい。茶の香りが、家族や学校、部活などの日常を思い起こさせ、トールの血なまぐさい記憶を追いやってくれた。

（戦ってばかりじゃなかった。巨人を憎んでばかりいたわけでもなかった。平和で楽しい時代もあったんだ……）

ロキという名の巨人の友人がいた。一緒に旅をしたこともある。神族と巨人族との溝が深まるにつれて疎遠になり、ラグナロクでは敵同士になってしまったけれど。

（そんなに悪いやつじゃなかった。善悪の基準が人間と違っただけで）

亮の脳裏で、ロキの笑顔が、家族や学校の友人たちの顔と重なる。

巨人と共存できたらいい。イースの怒りも悲しみも理解できるが、その願いは変わらない。

けれど、亮には、どうすればその願いを叶えることができるのか、方法が見つからなかった。


その部屋の照明は落とされ、大型のテレビの明かりが、殺風景な室内を薄暗く照らしていた。テレビの正面には肘掛け椅子が置かれ、椅子には男が足を組んで腰掛けていた。その傍らにはレスラーを思わせる巨漢が立ち、前には、大型犬らしき黒い塊がうずくまっている。

テレビの画面には、デスクが並ぶフロアを天井近くから見下ろしている映像が流れていた。手前のパーティションで仕切られたスペースに、三人の長身の青年と小柄な少年が案内されて入って行く。本日の午後、マルコの遺体の第一発見者として、オスロ警察を訪れたフレイと亮、ヴァル、アリを写した監視カメラの映像である。

「餌に食いついたか」

肘掛け椅子の男は、満足そうに唇の端をつり上げた。

「各施設の準備は完了したのか？」

「ロッキー山脈内の基地があと数日で完成します。他の施設はすべて稼働を始め、輸送も順調です」

傍らに立つ巨漢が答える。

「予定通りだな」

男は手を伸ばし、椅子の前にうずくまっている巨大な黒い塊をなでた。その塊が「ぐるる」と獣のうなり声を上げる。

「まずはレーヴァテインの炎でトールとフレイを焼き殺す。その後、世界を火の海にし、害虫を駆逐する。それで太古のラグナロクの結末は書き換わる」

彼はそう言って、笑みを深くした。

二章

　オスロ郊外の広大な敷地に建つサウスリーズ公の別邸、通称ビスコップ城の大広間には、すでに大勢の紳士淑女が集まっていた。フレイたちの到着を知って、彼らの間から、小さな歓声がさざ波のように伝わっていく。

「ビスコップ卿がおいでになったわ。相変わらず麗しいこと」

「お供の方々は初めて見るが、皆、なかなかの美形ではないか」

　そんな声を聞き流しながら、タキシードに身を包んだフレイは亮《とおる》とヴァル、イース、アリを伴って大広間の奥へ進む。

「うわ、きらびやか。これが本物の上流階級。なんだか、肩が凝る」

　亮は、緊張しているのか足取りが少し硬い。

「新聞や雑誌で見た顔がたくさんあります。フレイがサウスリーズ公の御子息だと再認識させられましたよ」

　そう言いながら、ヴァルはすれ違う人々に軽く会釈していた。

「パーティーなんて、ものすごく久しぶりだわ」

　亮との言い争いの後、ずっと不機嫌だったイースだが、今の表情は明るい。フレイがプレゼントした淡いグリーンのドレスも気に入ったようだ。

「亮とイース、少し元気になってよかった」

アリも微笑んでいた。

やがて、フロアの奥から、タキシード姿の父とイブニングドレスの母が、シャンパングラスを片手にやってくる。その後ろには、リチャードの姿もあった。

「まあ、フレイ！　会いたかったわ」

「ご無沙汰しております」

フレイは父母に軽くハグした。

「それで、将来の伴侶はどなたかな？　紹介してくれないか？」

父が、亮、ヴァル、イースと順番に目を移す。

「伴侶？」

これにはフレイも面食らった。三人とも目を瞬《またた》き、続いて首を横に振る。一応、型通りに紹介した後、

「隠す必要なんかありませんよ、フレイ。あなた近頃、特別なサイズのベッドを購入したのでしょう。バロック風の館を新築したとも聞いていますよ」

母にそう言われ、フレイは両親の勘違いの原因に思い当たった。確かにフランスの工房に特殊サイズのベッドを注文した。妖精の姿のイースに合わせた、小さいベッドだ。バロック調のドールハウスも作らせた。

「それはですね――」

フレイはリチャードを睨んだ。ポーカーフェイスの下で、彼が笑っているのがフレイにはわかる。

（フランスの工房に注文すべきではなかったな）

ヨーロッパはリチャードのホームグラウンドだ。彼は、フレイがドールハウスと家具を作らせたことを察知し、三十分の一スケールを単に特別なサイズと言い換えて父母に話したのだろう。

そこへ、「おやおや、どなたかにおめでたい話があるのですか？　聞こえてきましたぞ」と、細長い顔の男が近づいてきた。秘書か護衛か、数名の男性を引き連れている。

（来たか）

会いたかった人物の一人の登場に、フレイは亮とヴァルとともに二、三歩下がって、彼らのために道を空けた。

「やあ、デイヴィッド」

父は笑顔で彼を迎え、

「お招きありがとうございます。サウスリーズ公におかれましてはご機嫌麗しゅう」

デイヴィッドは腰を低くし、慇懃《いんぎん》な挨拶をする。

彼の顔を見て、ヴァルが耳元で「デイヴィッド・サンドフェラーですか？」と尋ねてきた。

「そうだ。アメリカの石油と鉄鋼の市場を握るサンドフェラー家の現当主、サンドフェラー財団の総帥だ」

フレイが答えると、ヴァルも亮も強《こわ》ばった表情でうなずき、デイヴィッドや彼の側近にそれとなく目を配る。

サンドフェラー家は石油精製業と鉄鋼業で莫大な財産を築き、先代が設立した財団は、世界最大規模の非政府組織で、ビスコップ家と同様、各国の政財界に絶大な影響力を持っている。

今年の五月、巨人の川本《かわもと》は、日本の青木ヶ原《あおきがはら》樹海で隕石調査隊を惨殺した。しかし事件は熊の仕業《しわざ》だと発表された。フレイは、真相を闇に葬った人物の候補として、このデイヴィッド・サンドフェラーを挙げていた。自衛隊の出動を阻んだり、事件の証拠をねつ造させた人物をたどったところ、日本の代議士に至り、彼が親しくしている人物の中に、サンドフェラー財団の関係者がいたからである。

デイヴィッド自身が巨人なのかもしれないし、彼の信頼する人物の中に巨人がいて、巨人族が人間社会を滅ぼそうとしていることを知らずに手を貸しているのかもしれない。

過去にサンドフェラー財団が資金提供していた組織や団体のことを考えると、彼の方で巨人を利用している可能性もある。

「デイヴィッドとフレイのお父さん、仲よさそうだね」

談笑する二人を見て、亮が言った。

「表面上はな。実際は、企業グループの経営者として互いにしのぎを削っている」

そんな話をしていると、「フレイ、友だちとこちらへ」と、父が手招いた。

「彼らはフレイの友人たちだ」

父が、亮やヴァル、イース、アリを紹介すると、デイヴィッドは、興味津々といった様子で、四人に粘ついた視線を這わせ、「ほう、トール・タケガミ。日本人の割には背が高い」と、特に亮に興味を示した。

（亮がハンマーの持ち主であることを知っているのか？）

フレイはデイヴィッドの表情を子細に観察する。

「私の秘書のイーサン・ブラウンはご存じでしたな。それから、相談役のピート・ヘイワード、護衛のフランクリン・マーシー」

デイヴィッドは、背後に控えていた男性を紹介した。みな身長一八〇センチを超える長身だ。疑い始めると、全員が巨人に見えてくる。

父母とデイヴィッドは、リチャードを交えて慈善団体への寄付の話を始め、サンドフェラー家当主の側近たちは、亮やヴァル、イース、アリと雑談を始めた。

「トール・タケガミ、すばらしい翻訳機だ」

「同じ物をドクターも持っていますよ」

亮が日本語で話し、それが腕時計型ウェアラブル・コンピューターのスピーカーから英語で発せられている様子に興味を持ったのか、それとも別の理由か、側近たちが注目しているのも亮だった。

「ビスコップ卿、わたくしと踊っていただけません？」

スカイブルーのドレスの女性から声をかけられたのは、ダンスタイムに入った時だった。初対面でフレイに直接声をかけてくる女性は珍しい。

金髪碧眼、二十代半ばと思われる彼女は、親しげな笑みを浮かべてフレイの腕に手をからませ、「そのまま黙ってテラスへ」と、耳元で囁いた。彼女のクラッチバッグがフレイの脇腹に押しつけられる。

「いきなり求められたのは初めてだ。君の愛に触れたらしびれそうだが」

バッグの形をしたスタンガンである可能性を考え、フレイは言った。

「私の愛はとても心地よいのよ。最初は少し痛いかもしれないけれど、すぐに目覚めることのない甘美な夢へ誘《いざな》ってあげるわ」

スタンガンではなく、神経毒が塗られた針が仕込まれているらしい。

「美しいバラには棘がつきものだ」

フレイは軽く笑い、彼女に促されるまま歩き出した。

テラスへ出るドアを開けると、夜気とともにかぐわしいバラの香りが鼻腔をくすぐった。テラスの向こうには中庭があり、何十種類ものバラが育てられているのである。

その中庭に下りて、人目の届かないバラの陰の暗がりに入ると、フレイは素早く身を翻し、彼女を抱きしめる。右手で彼女の頸動脈を押さえ、左手でバッグを持つ彼女の手首をつかんだ。

「今度は私が求める番だ」

フレイに動きを封じられ、彼女は息を呑む。

「殺したいほど愛してくれるのは嬉しいが、私はあなたに見覚えがない。いつどこで私はあなたをそんなに悲しませてしまったのだろうか。悲しみがあなたの口を縫い止めているというのなら、私のこの手で楽にしてやるのだが」

答えない彼女に、フレイは両手の力を込めた。頸動脈を圧迫されて意識が遠のいたのか、彼女の体から力が抜け、手からバッグが落ちる。その手を後ろにひねり上げ、フレイは彼女の耳元に唇を寄せた。

「このまま私の腕の中で眠ってしまっても構わない。目覚めた時には、拷問のフルコースだがな」

頸にかけていた手を少し緩めると、彼女はうらめしそうにフレイを睨んだ。

「ビスコップ卿がサディストだなんて知らなかったわ。社交界では、正統派貴公子でフェミニストだと評判なのに」

「相手によるさ」

フレイは微笑する。その笑顔は、見る者を凍りつかせ、倫理、道徳などを無視した冷酷さをはらんでいた。

「巨人が世界中に軍事基地を建てている？」

パーティー終了後、フレイが亮たちにCIAのエージェントから接触されたことや、CIAが世界各地に建てられている謎の基地を探っていることなどを説明すると、みな一様に青ざめて押し黙った。

「明言はできない。彼女は、謎の基地建設における資金の流れを追っていたそうだ。そこで必ず出くわすのが、対巨人向けに新設した情報部隊の社員だったため、私が黒幕だと思って近づいてきたそうだ。つまり、CIAと情報部隊は同じ組織を追っていたことになる。世界中に軍事基地を建てているのが巨人であるというのは、そこから導き出した推測にすぎない」

「フレイは、エージェントに巨人がラグナロクの再現をもくろんでいることを打ち明けたのですか？」

乾いた声で、ヴァルが尋ねた。

「いや、何も言っていない。ただ、五月に日本で起きた隕石調査隊全滅事件に巻き込まれ、以来、謎の組織に狙われているとだけ言っておいた。そうしたら、基地に潜入した諜報員は、みな遺体で発見されるか、記憶処理されて放り出されているから気をつけろと、忠告された」

「ＣＩＡはどこまで知っているのですか？」

「巨人については何も知らないようだ。基地建設は未知のテロ組織によるものだと思っている。軍事基地の場所はある程度把握しているが、ノルウェーは未確認だという。地下に建設されたものは、監視衛星に映らないため正確にはわからないらしい。また、基地の規模や設備等、詳細は不明だそうだ」

「巨人が世界中に散らばって、一斉に攻撃を始めたら、ハンマーだけじゃ防げない……」

つぶやく亮の唇は、微《かす》かに震えていた。

「一刻も早く巨人の組織の全貌を突きとめて、命令系統を寸断させる必要がある」

「けど、手がかりが何もなけりゃ……」

「レーヴァテインを餌に、巨人が私を誘っているのだとしたら、その甘い誘惑に乗ればいいだけだ」

冗談めかしてそう言うと、「危険な真似はおやめください」と、ジョン・スミスに苦い顔をされた。

「せめて、マルコを殺した犯人が見つかれば――」

その願いは、意外に早く叶った。けれど、それは決してフレイにとって喜ばしい形ではなかった。

『昨夜遅く、マルコ殺害の容疑者を逮捕したのですが、本日未明、彼は留置場で自殺しました』

オスロ警察の警部ペッター・ハスホフトから連絡があったのは、慈善パーティーの翌日だった。

その時、フレイは亮やヴァル、イース、アリとともに、ホテルの部屋で遅い朝食を摂っていた。スピーカーから聞こえてきた彼の声に、みな一斉にナイフとフォークを止め、ジョン・スミスはスマートボードの電源を入れて、ビデオチャットに接続する。

スマートボードにペッターが映った。画面からはみ出るほどの彼の巨体は、滑稽《こっけい》ですらあったが、誰も笑わなかった。

——容疑者がでっち上げられ、口封じのために殺された。

全員がそう確信していた。

『容疑者は、オラ・ハンセン、六十四歳、骨董を趣味にしていた退役軍人です』

ペッターが、いかめしい老人の顔写真を掲げた。

フレイがジョン・スミスに目配せすると、彼はウェアラブル・コンピューターに触れて、「オラ・ハンセン」と繰り返した。

プロフィールを調べさせるため、別の回線から情報部に連絡を入れたのである。

「逮捕から自殺までの経緯を教えてもらえますか?」

『昨夜、ヴィーゲラン公園で男が騒いでいるという通報があったんです。巡回中の警官が行ってみると、彼はマルコを殺したのは俺だ、と口走っていたので――』

その警官は、取りあえずハンセンをオスロ警察署へ連行したという。事情聴取はペッターが行い、自供が現場の状況と一致していたので、その場で身柄を拘束し、署内の留置場に入れた。ところが朝になっても、彼は毛布にくるまったまま起きない。不審に思った係《かかり》の者が、毛布を剝いでみると、彼はすでに死亡していたとのことだ。

『死因は窒息死。シャツを裂いてロープにし、自分で自分の首を絞めておりました』

「自分でロープを引っ張って死ねるものなのかしら」

イースのつぶやきに、「そういう死亡例も聞いたことありますよ」と、ヴァルが応じる。

「ハンセンがマルコの殺害犯なら、マルコに撃たれた銃創があるはずですが」

フレイが尋ねると、『ありましたよ』と、ペッターは事もなげに答えた。

『腕に二つ。これは治療済みでした。それから彼の自宅から押収した防弾チョッキに六つの穴が開いておりました。薬莢《やっきょう》が八個発見されているので、勘定も合います』

「治療済み？　誰が治療したのです？」

『もぐりの医者らしく、市内の病院や医院に医療機関に記録がありません』

「マルコの部屋に弾丸が落ちていたと記憶していますが」

『ええ。六個回収しました。多分、防弾チョッキにめり込んだ弾をハンセンがその場でほじりだしたのでしょうな。いったい、何でそんなことをしたんだか。残り二発は、もぐりの医者の所ではないでしょうか』

「その線条痕は、マルコの銃と一致したのですか？　弾丸に付着した血液は、ハンセンの物に間違いありませんでしたか？」

言いながら、フレイは再びジョン・スミスに目配せした。

彼は、ノートパソコンを立ち上げ、ビスコップの医療チームのクラウドに保存されているファイルを開いた。フレイが持ち帰った弾丸に付着していた血液の検査状況が、順次そのファイルに書き込まれるようになっているのである。

それによると、例の血液は、霊長目ヒト科に近い遺伝子を持っているが、現存するどの生物とも一致しないと記されていた。しかし――、

『もちろんです。ＤＮＡ鑑定の結果はまだ出ませんが、弾丸に付着していた血液はＯ型、ハンセンもＯ型なので間違いありません』

いったい何をそんなにムキになっているのか、と言いたげな顔でペッターは答えた。

「ハンセンの動機は？　路上で騒いだそうですが、自供の際の様子は？　誰かに脅されていたとか、自殺を示唆するような言動はなかったのですか？」

『どうも薬をやっていたらしく、事情聴取の時も夢心地でしたな。マルコに偽物をつかまされたと怒っていましたから、それが動機ではないでしょうか。自殺をほのめかすようなことは言っておらんかったです。薬が切れて正気に返り、自責の念にかられたんだと思いますよ。興味がおありでしたら、特別に事情聴取のビデオをお送りしましょう。捜査はこれで終了ですし、ビスコップ卿のご希望だと

言えば、署長も文句は言わんでしょう』

「捜査終了？」

『酩酊状態での事情聴取でしたし、もぐりの医者も見つかってはおらんのですが、上からの命令で仕方なく――』

ペッターの言葉を最後まで聞かず、

「今からそちらへ伺います。マルコやハンセンの所持品、現場の遺留品を見せていただきたい」

フレイは、そう言って通信を切り、ジョン・スミスに「車を回せ」と命じて席を立った。


オスロ警察署へ向かうリムジンの中で、フレイは情報部に、捜査打ち切りの命令を出した人物、及びハンセンの腕と防弾チョッキを撃った人物、さらにハンセンの腕を治療した人物を捜すように命じた。

警察署では、ペッターの指示があったのか、鑑識官に出迎えられる。

「どうも。ヨハン・ブレガーです」

三十代前半と思われる彼は、ヨーロッパ系の男性としてはかなり小柄だった。身長は一九〇センチのフレイの胸ぐらいまでしかなく、握手に応じる手も小さい。

ヨハンはフレイたちを小部屋へ案内し、「ここでしばらくお待ちください」と、自分はその奥の資料保管庫へ入る。仕切りガラス越しに見える保管庫には、いくつもの棚が並び、びっしりと段ボール箱が収められていた。彼が梯子を運んでいる姿を見て、「手伝います」と、亮が保管庫に入っていく。

ヨハンが上段の棚にあるダンボール箱を二つ指さし、亮は難なくそれらを取り出し、こちらへ戻ってきた。

「背が高いといいですねえ。私もあと二十センチ背が高かったら、仕事の効率が上がるんですけど」

言いながら、ヨハンは一つ目の段ボール箱の蓋を開けた。中身は、鍵や財布、身分証明書など細々した物で、それらはすべて一つずつビニール袋に入れられ、発見場所、時刻などが書かれたラベルが貼られている。

「こちらが、マルコの部屋で発見された証拠品と遺留品、そちらは逮捕時のハンセンの所持品です」

ヨハンはそれらの品々を箱から出して、デスクに並べた。

「変な事件ですよね。ハンセンは偽物をつかまされ、腹を立てて、発作的にマルコを殺したと自供したそうですが、ハンセンがマルコから買った物は、みな安物ばかり。殺人の動機にはならないと思うのですよ。その上、ハンセンの自殺をもって捜査終了って、納得できません」

言いながら、ヨハンは一枚のカードキーを指さした。

「これは殺害時にマルコのポケットに入っていたカードキーなんですがね、どこのキーか判明していないんです」

「マルコの自宅はシリンダー錠だったな。店のキーではないのか」

「いいえ。店もシリンダー錠なんです。この事件、きっと裏があると思うんですよね。なのに強制終了なんて、非常にもどかしい思いがします」

彼はやるせなさそうにため息をついた。

「そのカードキーを貸してもらいたい」

「調べるつもりですか？　そりゃあ、私も真相を知りたいですが、でも、遺族以外に渡すのは……」

ヨハンは困った顔をしたが、「何かわかったら君にも知らせよう」と、フレイが好奇心をくすぐると、

「では内緒で……。くれぐれも口外しないでくださいね。バレたら、始末書だけじゃ済みませんから」

彼は、小声でそう言って、そのカードキーを渡してくれた。


「何でカードキーを借りたの？」

オスロ警察署を出ると、亮が尋ねた。

「マルコは古物商だ。もしや売り物を保管しておく倉庫の鍵ではないかと思ったのだ。公開されたレーヴァテインがたとえレプリカだったとしても、オリジナルを知らなければ、あそこまで精巧な物は作れない。マルコはオリジナルに関する資料を持っていたはずだ。それを見つけたい」

「なるほど。けど、それならマルコの店や自宅の鍵も借りるべきじゃない？」

「シリンダー錠ならば、鍵がなくても開けられる」

「……さすがビスコップ」

「カードタイプの錠を開ける装置もあるが、まずは、このカードキーがどこの物かを調べなければならない」

リムジンに乗り込むと、フレイはスマホでカードキーの写真を撮って、情報部へ送った。

「結果が出るまで、店と自宅を調べよう」

フレイは運転手に命じて、リムジンをマルコのアンティーク・ショップに向かわせた。

オスロ市中心部からやや東に寄ったムンク美術館近くにあるマルコの店は、小さいながらもゴシック調の瀟洒《しょうしゃ》な造りをしていた。出入り口のドアには、まだ「警察」と書かれたテープが残っていたが、フレイは気にせず、ジョン・スミスに言って、そのテープを剝がさせる。

彼は解錠用の工具セットからいくつかのフックを出し、組み合わせて鍵穴に入れた。ほどなくして出入り口のドアが開き、例によってアリが真っ先に飛び込む。

十メートル四方ほどの店内には、古代中国の物と思われる陶器や掛け軸、ツタンカーメンのピラミッドから発掘されたと銘打った杖やネックレス、その他、絵画、彫刻などが並べられていた。

「偽物ですね。とても精巧に作られてはいますが」

職業柄古美術品にも造詣が深いヴァルは、それらを一つ一つ丁寧に観察する。

グラディウスやファルシオン、青竜刀など、刀剣の類《たぐ》いも何本か壁に飾られていたが、レーヴァテインは見当たらない。

店の奥には、もう一部屋あって、そこにも多くの品が箱に収められたり布で包まれたりしていた。みんなで手分けして開封したが、レーヴァテインもそれに関する資料も見つからなかった。

その後、ヴィーゲランにあるマルコの自宅も念のため捜索したが、以前に見た通り、置かれているのは生活用品だけだった。

情報部からカードキーの調査結果が届いたのは、マルコの自宅を出て、オスロ市立博物館前のカフェで軽食を摂っている時だった。

『遅くなって申し訳ありません。カードキーの製造元のデータベースに侵入したところ、ベルゲンにあるマルコの別荘のキーであることが判明しました。地図を送信します。なお、取りつけを請け負った業者は記録を電子化していないらしく、クラッキングしてもデータが見当たりません。従って、別荘の何に取りつけられたキーかわかりません。直接出向いて調べましょうか?』

「別荘か――」

フレイはスマホに送られてた地図を確認し、時計に目を走らせた。現在時刻は午後四時――。

マルコの別荘は、ベルゲン空港からそれほど遠くない。オスロからベルゲンまでは空路で約一時間、ここからオスロ空港までの移動時間を含めても七時には別荘に到着できる。

「いや、私が行く。フライトの準備とベルゲンでの車の手配を頼む」

フレイがそう言って立ち上がると、

「若君、別荘へは別の者に行かせましょう。若君自らベルゲンまでお出でになる必要はないと存じます」

ジョン・スミスが不安そうな顔をした。

「いや、マルコのポケットに別荘のカードキーが入っていたのには、何かの意味があるはずだ」

リムジンが駐まっている駐車場へ向かいながら、フレイは言った。

「意味って?」

亮が後を追ってくる。

「可能性はいくつかある。一つは、別荘が商品を保管する倉庫であり、普段からマルコはカードキーを持ち歩いていた。もう一つは、このキーをレストランで私に渡すつもりでポケットに入れた」

「それ、ありそう。別荘に本物のレーヴァテインとか、神代に関わる物が保管されていて、マルコは別荘ごとフレイに買わせようとしていたのかも。で、それを知った巨人がマルコを始末したって筋書きが成り立つよね。あれ？　そうすると、巨人は肝心の別荘のキーがポケットに入っていたことには気づかなかったとか？」

「巨人がわざとカードキーを残した可能性もありますね。フレイを別荘へ行かせるために」

そう言ったのはヴァルである。

「爆発物や毒ガスなどが仕掛けられているかもしれません。やはり、別荘へは別の者を……」

案の定、ジョン・スミスが止めに入った。

「すべては可能性にすぎない。いずれにしろ、別荘に何かしらの手がかりが残されているはずだ。それを見逃して後手に回りたくない」

らしくない、という自覚はある。けれど、急いで失った武器を取り戻さなければならない。世界中に建設された軍事基地が巨人によるものなら、彼らの決起はそう遠くない。

（巨人の攻撃が始まる前に、武器を取り戻さなければ、悪夢が現実になる——）

そんな予感に、フレイは突き動かされていた。

ベルゲン空港の北東に広がる森の中、未舗装の道路を十五分ほど走った所にマルコの別荘はあった。築五十年は経《た》っていると思われる古い木造のコテージで、壁のペンキは剝げかけ、ほこりだらけの窓ガラスにはひびが入っている。

夏至が近いため、午後七時を過ぎても日差しは明るかったが、コテージの周囲には雑草が生い茂り、屋根には木の枝がかぶさっていて、ひどく陰鬱《いんうつ》な感じがした。

「なんだか幽霊が出てきそうな家だね」

車を降りた亮は、そのコテージを眺めて、不気味そうに言った。いつもは、真っ先に駆けて行くアリも、今回はためらいを見せる。

「爆発物は？」

フレイはジョン・スミスに目を向けた。

「探知機は今のところ無反応ですが、非合法的に作られたプラスチック爆弾は探知できませんので」

彼は、ハンディタイプの爆発物探知機をかざしながら前へ進む。ビスコップ・グループが開発したもので、大きさはスマホ程度だが、精度は高い。

「亮がハンマーで、コテージごと爆弾を吹っ飛ばしちゃえばいいのよ」

慎重な人間たちに比べて、世界の滅びの日を生き延びた妖精は大胆だ。

「そ、それはやめてください。コテージ内に神代の重要な資料が残っているかもしれません」

「だ、だめです。万一、毒ガスのボンベなどが仕掛けられていたら、大変なことに」

ヴァルとジョン・スミスの声が重なった。

「しょうがないわね。あたしが見てくるわ」

イースが本来の姿に変身した。妖精の姿の時の彼女は、親指程度の身長で、背中からトンボに似た四枚の羽が生えている。

「体の大きさを変えられることも不思議だが、衣服も体に合わせて伸縮する仕組みが理解できない」

ハチドリのごとく、すばらしい速さでコテージの方へ飛んでいくイースを目で追いながら、フレイは以前からの疑問を口にした。

「宇宙を構成している物質のうち、人間が解明しているのはたった四パーセントですよ。説明のつかないことがあるのは当然です」

ヴァルは笑っていた。

イースはコテージの周囲を飛び回り、やがて窓枠が一部壊れていることに気づいたらしく、その隙間からコテージ内に身を滑り込ませた。

「実体はあるんだよね。壁をすり抜けたりしないし。イースが机の引き出しに入っているのに気づかなくて、うっかり閉めちゃったりすると、すっげー怒る」

イースと暮らしている亮は、やれやれといった様子で肩をすくめる。

まもなく、イースが戻ってきた。顔が険しい。

「先客がいたようよ。だいぶ荒らされているわ。今は、誰もいないけどね。爆弾っぽい物もないし」

「亮や私を殺すための舞台にしては、演出がお粗末だ。中へ入ってみよう」

爆発物探知機を手にしたジョン・スミスを先頭に、フレイたちは歩き出した。

玄関ポーチに上がり、ドアのデッドボルト――閂《かんぬき》の部分が折れていることに気づく。ドアノブと三角形のラッチボルトはついたままなので、蹴り開けたのかもしれない。カードキーで開けるタイプではなく、一般的なシリンダー錠だ。

室内は、イースの言った通り、嵐が通り過ぎたような荒れ方だった。扉や引き出しがすべて開かれ、家具類がみな移動していたり倒されたりしていた。

爆発物探知機には何も反応がなかったため、フレイたちは手分けして、巨人や神代に関わる物を捜す。

フレイは暖炉の横の、壁に埋められた金庫に目を留めた。古いダイヤル式の金庫だ。扉は開かれ、玄関ドアと同様、デッドボルトが折れている。

「力任せにこじ開けた?」

素朴な疑問が口を突いて出た。

「侵入者ってのは、巨人に間違いないね」

亮が寄ってきた。

「だが、金庫だぞ。いくら巨人の膂力《りょりょく》がすさまじいと言っても――」

「それぐらい俺にもできるよ、たぶん」

亮は、グローブをはめた指をポキポキと鳴らした。金庫の扉に手をかけ、足を踏ん張ると、ふんっと呼気とともに、それを勢いよく手前に引く。

バキッと、音を立てて扉が外れた。見れば、金属製の太い蝶番が折れ、壁から金庫本体がわずかにせり出している。

亮は扉を掲げ、「な?」と笑った。彼の記憶によると、巨人の中には、グローブとベルトを着けたトールと同じぐらいの膂力を持つ者がいたとのことだ。

金庫の中に入っていたのは、契約書や権利書などの書類が主で、わずかだが現金も残っていた。

「金目当てで、金庫を開けたんじゃなさそうだね」

「もしや、巨人もレーヴァテインを探していたのか?」

不意にそんな考えが、フレイの脳裏をかすめる。

そこで「フレイ、来て」と、キッチンを探っていたアリに呼ばれた。皆で連れだって行ってみると、左手の壁に、煉瓦で囲われた幅が約八十センチ、高さ約八十センチのアーチ型の穴があり、アリはその中へ上半身を突っ込んでいた。

「ここの鍵、カードを入れるタイプ」

穴から顔を出し、アリは内部を指さした。見れば、穴は内側が大きくくり抜かれ、奥行きは一メートル以上もある。壁面も底面も煉瓦で覆われているところをみると調理用の石窯らしい。しかし、調理に使われた形跡はなく、正面奥に六十センチ四方ほどの扉がついている。その扉に取りつけてあったのがカード錠だった。

「この奥が、商品の倉庫か」

「彼は最近、北欧神話関連の品をオークションに出していたんですよね。あの時代の資料がしまわれているのかもしれません」

ヴァルも興味深げに、石窯をのぞき込んでいる。

「すごく見たいわ」

イースは、わくわくした様子で飛び回っていた。

「もしも、巨人がわざとカードキーを残して置いたのなら扉に罠が仕掛けてある可能性があるが――」

フレイは、一同と顔を見合わせた。一拍の後、フレイもヴァルもイースもアリもジョン・スミスも一斉に亮を見る。

「お、俺――？」

亮は、目を瞬いた。

「もしやハンマーで扉をぶっ壊せってこと？」

「まさか。万一爆発物が仕掛けられていたら、扉の向こうの物が台無しになってしまうではないか」

「え――じゃ、どうやって」

「仮に、これに罠が仕掛けられているとすれば、扉を開けることで発動すると思われる。だから、扉は閉じたままにしておいて、壁に穴を開けてもらいたい。お前の、その膂力で」

「俺が必要とされてるのって、力だけかよ……」

亮は不満そうな顔でそう言うと、ポケットからハンマーを取り出した。柄を握ると、スマホサイズだったハンマーが、手に合った大きさに変化する。

（いったい、どのような材質でできているのだか）

未知の物質なのか、それとも未知の技術で加工された結果なのか、いつか分析してみたい。

亮は、石窯から一メートルほど離れた場所の壁をハンマーで叩いて崩し、掘っていく。

壁は思った以上に厚く、二メートル近く掘り進んだところで暗い空洞へ突き抜けた。

「扉に爆発物は仕掛けられておりません」

探知器をかざしながら穴の中に入ったジョン・スミスの声を聞いて、「俺の苦労は何だったわけ」と、服の埃を払いながら亮が文句を垂れる。

「ねえ、この向こうは、倉庫どころの話じゃないわよ」

そこへ、イースが穴の奥から飛び出してきた。

「倉庫ではなかった？」

「そう。長ーいトンネル。大昔、小びとたちが使っていた地下道よ。マルコは普通の人間じゃなかったんだわ。小びと族だったのよ」

彼女は興奮した様子でそう言った。


崩れた煉瓦を撤去してみれば、その先は急勾配のトンネルだった。コテージの裏から地下へ潜っているらしい。自然にできた洞窟ではない。幅一メートルの地面は平らにならされ、高さ二メートル弱の天井はきれいなアーチ型に削られていた。

フレイたちは、そのトンネルに身を滑り込ませ、ジョン・スミスが照らす懐中電灯の明かりを頼りに、背をかがめて前へ進む。背を伸ばして歩くと、微妙に頭頂部をこすりそうになるのだ。先導する妖精姿のイースは、羽がほのかに輝き、光の残像がまるで金粉を撒いているように見える。

「なんか、思い出してきた。この幅にこの高さ。小びとが造ったトンネルっぽい」

歩きながら亮がつぶやく。

「信じられない。巨人だけでなく、小びとも現代まで生き残っていたとは」

「僕もです」

ヴァルによると、小びと族は神代における職人集団で、原材料の採掘から、細々した装身具作りに至るまで、主に工業分野を担《にな》っていたらしい。トールのハンマーに代表される多くの発明品は、小びと族の手によるものとのことだ。そこは神話と同じである。

「確かに、人間の工事によるものなら、もう少し天井を高く設計しただろうが――」

「小びとが造ったのよ。間違いないわ。これがその証拠」

イースがホバリングして右手を示した。

明かりを向けると、そこは五メートル四方ほどの部屋で、大型の機械が据えられていた。何本もの金属製のパイプが縦横無尽に走り、大小様々なタンクがいくつも並び、ロボットアームに似たようなものも突き出ている。

「これは――、当時の合金を造る装置です」

ヴァルが感嘆の声を上げて機械に走り寄った。

「一万年以上も前の機械が腐食もせずに残っているものか？」

「手入れさえ怠らなければ——ああ、最近使われた形跡がありますね。この機械が使えるならマルコは小びとです。小びとは人間よりも、温度や色や音などの認知能力が鋭くて、つまり目測に優れているんです。機械にモニターがないのはそのためです。人間には小びとの機械は使えません。今まで、ラグナロクを生き延びた小びとは、すっかり人間と同化して、種としては滅んでしまったとばかり思っていました」

前世の記憶を検証するために考古学者になったヴァルは、感無量といった様子だった。

「向こうにも何かありそうよ。行ってみましょう」

イースがトンネルの奥へ飛んでいく。

「けど、小びとって、大人でもアリと同じぐらいだったから、身長はせいぜい一四〇センチってとこだろ。マルコはもうちょっと背が高くなかった？」

亮が首を傾げた。

「マルコの身長は一六〇センチでした」とジョン・スミス。

「一万年の間に、人間との混血もあったでしょうし、地上へ出て、人に交じって生活するうちに環境に適応していったのかもしれません」

そんな話をしながら、緩くなった坂を下っていく。温度変化もなく息詰まる感じもしないので、空調設備が整えられているのだろう。

やがて、「ここ、たぶん、マルコの作業場じゃないかしら」と、イースがトンネルの途中でホバリングし、こちらを振り返った。

「驚いたな」

懐中電灯に照らされたその空間は、サッカーのコートほどの広さがあり、高さは数メートルに及んだ。天井からは無数のケーブルがぶら下がり、壁には円筒形や直方体の容器が並んでいて、それらをチューブやパイプでつないである。太い柱には小型のエレベーターが備えられ、ベルトコンベアや歯車、ピストンなども設置してあった。

「産業革命時代の工場と最新鋭の船の機関室が混じったような……。不思議な光景でございます」

懐中電灯であちこち照らしながら、ジョン・スミスがつぶやく。

中央にはステンレス製と思われる大きな作業台があり、その上にはニッパーやドライバー、ピンセットなどの工具が雑然と置かれ、小さなトレイには色とりどりの宝石が入っていた。

「それは――」

トレイの横に置かれた黄金と青い宝石の装身具を見て、ヴァルは目を見張った。

「ブリージンガ・メン――。フレイ、あなたの妹、フレイヤの首飾りです」

「神話の通りなのだな」

「ええ。あなたと同じく、富と豊穣《ほうじょう》の女神でした」

彼は作業台に歩み寄り、首飾りを手に取った。楕円形に鋳造《ちゅうぞう》された金の一つ一つには複雑な模様が描かれ、青い宝石はブリリアントカットされている。けれど、長さが足りず、留め金もついていない。

「レプリカを作っている途中だったのですね。こういう品を作っては、オークションに出していたのでしょう。完成形を見たかったです」

ヴァルは残念そうな顔で首飾りを台に戻した。

「美しい青だ。カイヤナイトか？　金は十八金、カイヤナイトの青と合うように、銀を混ぜて色を抑えているのだろう。レプリカだとしても見事な品だ」

「本物のブリージンガ・メンはレッドゴールドと、淡い色のサファイヤで作られていました」

当時、すでにコランダムの加工技術があり、ブリージンガ・メンのために、特別なサファイヤが造られたという。

「これだけ精巧なレプリカを作るには、見本か設計図が必要です。どこかに本物か、もしくは資料があるはずですが――」

「これがその見本じゃない？」

しゃがんで作業台の下をのぞき込んでいた亮が、数枚のパネルを出した。ブレスレットや指輪等の実物大の写真である。その中には、ブリージンガ・メンも含まれていた。

「写っているのは、本物ですね。解像度の高いデジタル写真ですし、用紙も劣化していないので、近年撮影されたのだと思います」

ヴァルがパネルを一枚一枚確認し、「レーヴァテインもあります」と、そのうちの一枚をこちらへ向けた。ネット上に公開された物とは異なり、柄にも刀身にも一面に錆《さび》が浮いている。

「きっと、この地下道のどこかに本物がある」

にわかに期待が高まった。

「捜しましょう」

イースが身を翻《ひるがえ》し、フレイたちは、再び背をかがめて、細いトンネルを一列になって進む。

地下道は道がいくつにも枝分かれしていて、まるで蟻《あり》の巣のようだった。

「こっちは行き止まり。採掘した鉱石みたいなのが置かれていたわ」

分岐点にさしかかるたびに、イースが偵察に出た。彼女によると、行き止まっている場所には、それぞれ鉱石や、乾燥させた植物、毛皮や何かの種子などが保管されていたという。

「現在工事中って感じで、何にもない所もあったけどね。何かを掘って取り出した跡かもしれないわ」

「神代の遺物を発掘していたのかもしれませんね」

ヴァルは、この地下道そのものがかつての文明の遺跡だと考えているようだった。

「ラグナロク以前は、海水準が低く、陸地面積が広かったので、この地下道ももっと広範囲にわたって存在していたはずです。でも大洪水で水没したり、土砂に埋まってしまったりしたのでしょう。マルコは、その時に一緒に埋まってしまった宝物を掘り出して、修復していたのかもしれません」

「小びと族の地下道は、ここだけに存在していたわけではないのだろう？　大都市建設や地下鉄工事で、失われてしまった宝物や機械もあるのだろうな」

ロンドンの地下鉄建設には、フレイの曾祖父も深く関わったと聞く。もしもそこに小びとの地下道があったら——と考えると、とても残念だ。

「あたしがトール様のハンマーと手袋と力帯を富士山《ふじさん》の麓《ふもと》に隠したのは大正解よね」

イースは自慢げだった。

そんな話をしながら進むうちに、それまで下る一方だった地下道が、緩く上り始めた。

「今、どの辺りだろ？　上り坂ってことは、地上に向かってるのかな？」

背中で亮の声がした。

「マルコのコテージから東南東約二キロ、つまりベルゲン空港の北東約三キロの地点だ」

「なんでわかるんだ？　俺のスマホもウェアラブル・コンピューターも、圏外なんだけど」

「歩きながら頭の中に地図を描いていた」

「あり得ね〜。フレイの頭っていったいどういう構造になってるんだ」

「別に、方向は分岐点の角度を目測し、歩数を数えて距離に換算しただけのことだ。迷わないための工夫は必要だ」

イースが小さな歓声を上げて止まったのは、それから五分ほど地下道を上った頃のことだった。

「ヴァル、あったわよ。あなたの好きそうなものが」

そこは、他の部屋とは異なり、入り口に金属の扉がついていた。扉には、現代のフェンスや倉庫に使われるスチールの閂がついている。最近になってマルコがつけた物かもしれない。

閂に錠前がかけられていたが、ロックはされておらず、扉もわずかに開いていて、イースはそこから室内をのぞいていた。

ジョン・スミスが、扉を開けて、中を懐中電灯で照らす。

「図書室もしくは資料室というべきでしょうか」

手前には、スチール製のデスクが据えられ、パソコンとスキャナー、プリンター、顕微鏡やデジタルスケールなど馴染みのある機器が置かれていた。デスクの向こうには、何段もある棚が並び、革表紙の本や丸めた羊皮紙などが並んでいる。

「調べてみます」

ヴァルは目を輝かせて、デスクの上に重なっているメモに目を通す。

「思った通り、ラグナロクの後、生き残った小びとたちは、武器や装身具を発掘していたようですね。その一部はマルコの先祖がこの地下道に集めて保存修復していたようです」

メモには、遺物の名前と発見日時および場所などが書かれていた。発見された年代は、遙か紀元前から、現代に至り、発見された場所も北はアイスランド、南はエジプト、東は中国と様々だ。

「これらをデータ化するつもりだったのだろうな」

「このメモのもとになっている記録があるはずですが」

ヴァルは、ざっと室内を見回し、一番奥の壁に立てかけてあった何枚かの石盤に目を留めそのうちの一枚に駆け寄った。

「レーヴァテインに関する記述があります」

その石盤は、縦一メートル、横八十センチほどの大きさで、アルファベットに似た文字がびっしりと刻まれている。

「ルーン文字か?」

「正しくは、ルーン文字のもととなった、神代の文字です」

ゲルマン人の間で中世まで使われていたルーン文字は、この古代文字と、エジプトのヒエログリフやフェニキア文字など、別系統で発達した文字と結びついてできたものだろうとヴァルは言う。

「なんと書いてあるのだ？」

「剣の製作過程の記録ですね。だいぶ風化してしまって、文字そのものが読みにくい上、これは当時の小びと族の言葉で記されているので、わからない単語がいくつかあって……」

ヴァルは石盤を指でなぞりながら、文字に目を凝らす。

当時は、人間と巨人と小びとはそれぞれ別の言語を話し、また地域によって方言もあったという。使っていた文字も、若干異なっていたとのことだ。

「マルコだったら読めたのだろうか。どこかに現代語に訳したものがあればいいのだが」

フレイは、周囲を見回し、ふと、アリの姿がないことに気づいた。

「アリ、どこにいる？」

「ここにいる」

フレイの呼びかけに答える声は、背後から聞こえた。ジョン・スミスが懐中電灯を声の方に向ける。

アリは、反対側の壁際の本棚をまさぐっていた。

「はぐれるな。この地下道で迷ったら、一生出られないぞ」

フレイは戻ってくるように言ったが、アリはその本棚から離れなかった。

「この奥に何かある」

そう言う彼の左目は、普段は茶色なのになぜか今は金色に光って見える。

「何か感じるのか？」

青木ヶ原《あおきがはら》樹海でも、アリが敏感にトールのハンマーの気配を感じていたことに思い当たり、フレイはその本棚に歩み寄った。

「ああ――そうだな」

微《かす》かだが、アリの感じているものが、フレイにもわかった。音でも臭いでもない、まして目では見えない。けれど、心をかき立てられる気配――。

（レーヴァテインだろうか）

確信はできない。けれど懐かしい何かが、この本棚の向こうにある。

「隠し戸かもしれません。こちらの柱が、戸袋になっているのではありませんか？」

ジョン・スミスが本棚横の柱にライトを当てる。

「どこかにスイッチがあるのだろうが――」

と、フレイが本棚に手をかけると、思いの外《ほか》、すんなりと横へずれた。

開いた本棚の先は、また暗い地下道だった。緩い上り坂だ。その坂を這うように、懐かしい気配が漂い降りてくる。

（この先に宝物庫があるのか？）

フレイは、「ドクター」とヴァルを振り返った。

「石盤の解読は後にして、先にこちらへ行こうと思うが」

「ちょっと待ってください。フレイの剣とスルトの剣について、どうやら重要なことが書かれているらしくて」

しかしヴァルは、石盤からかじりついていて離れない。

「写真を撮ったらどうだ？　情報部に画像処理させれば、文字の見えない部分がわかるだろう。さらに、解読コードを使って――」

言いかけて、フレイは反射的に入り口の方を振り返った。他の者も、一斉に同じ方向を向く。

隠し扉の向こうから漂ってくる懐かしい気配とは別の、明らかな殺気――。

「巨人……」

つぶやいたのはアリだった。

「俺たちが来た方だ。近づいてくる」

亮の声はかすれていた。

「亮、巨人はお前に任せる。捕らえたら、できれば誰の命令で動いているのか聞き出してもらいたい。ジョン・スミス、マルコのメモその他、最近の記録を集めろ。巨人の組織について手がかりがあるかもしれない」

フレイは早口で指示を出した。

「若君、脱出路の確保を――」

デスクに向かって走りながら、ジョン・スミスが言った。

「わかっている。この隠し扉の向こうの通路は上り坂だ。おそらく外につながっている。ドクター、急いでくれ。巨人がこの通路を破壊する可能性がある」

それを聞いて焦ったのか、「埋まったら大変」と、アリが、隠し扉の中へ飛びこんでしまった。「先に行っててください。すぐに追いつきます」

　ドクターも、慌てた様子でスマホを取り出し、石盤の写真を撮り始めた。

「頼む」と言い置いて、フレイはアリを追った。巨人は亮に任せればいい。今、自分がすべきことはアリの安全とレーヴァテインの確保だ。

　スマホの明かりをかざすと、狭く長い通路の先にアリの後ろ姿が見えた。通路の奥はまったくの闇だったが、彼は危なげない足取りで走って行く。

「待て、アリ」

　百メートル以上も走っただろうか。通路は、金属製の扉に突き当たり、そこでようやくアリが足を止めた。

「この中に何かある……」

　アリは、中から漂ってくる気配に心を奪われているらしく、フレイが追いついても扉から目を離さなかった。左目がまだ金色だ。

　扉は、先ほどの資料室と同様、スチール製の閂に錠前がぶらさがっていたが、ロックされておらず、わずかに隙間が空いている。

（宝物庫にもかかわらず、マルコは開けたままにしておいたのか？）

　不自然だとは思ったが、隙間からは、懐かしい気配が漂ってくるだけで、巨人の殺気はない。脱出口を捜す必要もある。

「開けると爆発する？」

アリがこちらを見上げた。

念のため、隙間をスマホの明かりでくまなく照らしてみたが、何か仕掛けられている様子はない。

「大丈夫だ。入ってみよう」

フレイが言い終わらないうちに、アリは扉を開けて室内へ飛び込む。

「なるほど」

中を一瞥《いちべつ》して、フレイは扉が開いていた理由に思い当たった。

室内は、風化した石の箱、朽ちかけた木箱、錆だらけの鉄の箱などが、ふたの開いた状態で散乱していた。コテージと同じく、巨人が何かを捜して荒らしたのだろう。

フレイは箱の中を一つ一つあらためた。ほとんどが空だ。まれに残っている物もあったが、元の形がわからないほど錆びたり朽ちたりしてた。トールのハンマーと同様、本来の持ち主でなければ使えないような術がかけられているのかもしれない。

「若君」

そこへ、ジョン・スミスも駆け込んできた。

「マルコのデスクからめぼしい記録をかき集めましたが、残念ながらパソコンは電源が入らず――。お探しの剣は？」

「気配を出していた物ここにあった」

部屋の最奥からアリの声がした。

そちらを照らすと、彼は、ぼろぼろの麻布にくるまれた棒状の物を抱えて、箱の山の中から這い出してくるところだった。

アリに歩み寄り、包みを受け取ると、フレイはその場で麻布をほどく作業に取りかかった。懐かしい気配が一段と濃くなる。冷静なつもりだったが、指が震えた。鼓動が耳障りなほど鳴っている。

「これは――」

麻布の中から現れた物を見て、フレイは瞠目し、続いて大きく息を吐いた。

その剣も、ここにある他の遺物と同様、柄に刻まれた模様もわからないほど錆びていたが、フレイは、まっすぐな両刃であることも、柄と握りに施されていた装飾も思い出せた。

「レーヴァテイン？」

無邪気な笑顔で、アリが問う。

「いや――」と、フレイは頭を振った。

「私が使っていた物だが、レーヴァテインではない」

それは断言できる。フレイは、この剣をよく知っていた。武器を失ったことを悔いながら、炎に巻かれて死ぬ悪夢の中で握っていたのが、この剣だったからだ。

切れ味は鋭かった。けれど、巨人に致命傷を与えることも、風雨を操ることも、無論、炎を消すこともできない普通の剣――。

「違うの……。残念」

「さようでございましたか」

アリもジョン・スミスもそう言って肩を落としたが、フレイはさほど落胆してはいなかった。この部屋が巨人によって荒らされていると知った時に、ある程度、予想はしていた。

巨人はフレイがレーヴァテインを取り戻すことを恐れている。また、巨人スルトの剣であるともいわれているレーヴァテインがここに保管されていたのであれば、巨人が見逃すわけがない。

「脱出口を捜しましょう」

気を取り直した様子で、ジョン・スミスが懐中電灯を掲げ、周囲を照らす。

「小びとの保管庫にしては、天井が高うございますね」

明かりを目で追い、そこでフレイは、この部屋の壁が金属で覆われていることに気づいた。

「そうだな。壁もむき出しの土ではない。今までの部屋とは造りが異なるようだ」

「壁の材質といい、部屋の広さや天井の高さといい、これはまるで――」

と、ジョン・スミスが言いかけたその時、突然、けたたましい音を立てて扉が閉じた。

「何!?」

ジョン・スミスは瞬時に扉に駆け寄り、押し開こうとしたが、扉は開かない。外から閂がかけられたのか、体当たりしても扉はビクともしなかった。

「伏せていてください」

ジョン・スミスが、スーツの内側から拳銃を出し、閂の辺りを狙って撃ったが、弾は貫通せずに跳ね返った。その一呼吸の後、地鳴りのような重低音とともに、部屋が震動を始める。

「地震?」

床に伏せていたアリが顔を上げた次の瞬間、急激な重力がかかり、転がりそうになった彼を、フレイはとっさに抱きかかえた。

「いったい何が起こっているんだ――」

揺れる部屋の中で、ジョン・スミスが呆然とつぶやいた。


それより少し前――。

巨人を任された亮は、スマホのディスプレイの明かりで周囲を照らし、右手にハンマーを握って、地下通路をマルコのコテージの方へ戻っていた。

「近づいてくると思ったんだけど」

亮は、肩の上に留まっているイースに話しかける。

巨人の気配は強くなったり弱くなったりし、なかなか居場所が特定できない。川本がそうだったように、巨人は人間のふりをしている時には、自分の気配を殺すことができる。しかし、何のために気配をちらつかせるのか――。

「フレイたちと離れすぎるのはよくないわ」

「けど、巨人を放っといて、この地下通路を壊されたら大変だろ。捕まえて、誰から指令を受けているか聞き出したいし」

罠の臭いはするが、うろついている巨人を放置してはおけない。

「あ、あそこ――」

亮の肩からイースが飛び立ったのは、マルコの作業場付近まで戻った時だった。

「こんな暗がりでよくわかるね」

「妖精は、人間よりも夜目が利くのよ。そんなことも憶えてないなんて、やっぱりあんたはトール様じゃないわね」

金粉を撒いているように光を散らす彼女のあとについていくと、スマホの明かりが、作業場へ入っていく黒い人影をとらえた。身長は普通の人間と変わらないが、放つ気配は巨人のものだ。

作業場へ飛び込み、明かりをかざす。けれど、サッカーのコートほどもある作業場には、大小様々な機械が所狭しと並んでいて、巨人の姿は見えない。

「あっちへ行ったわ！」

イースが右奥のタンクを指さした。そちらへ明かりを向けると、黒い影がタンクとタンクの間を横切るのが一瞬見えた。亮は、張り巡らせたパイプやチューブを飛び越え、そのタンクへ向かう。

しかし、タンクの裏側をのぞいた時には、すでに人影はなく、巨人の気配も消えていた。耳を澄ませたが、衣擦れの音もしない。

亮は部屋を見回した。ハンマーは、狙った獲物を絶対に外さないが、相手が見えなければ狙えない。

「イース、この状態で、彼に幻術をかけるって可能？」

彼女の術は、ガスのように空気中を漂い、広がっていく。対象が見えなくても術をかけることができるはずだ。

「この部屋の中、全部に術が行き渡るようにするってこと？　冗談じゃないわ。あんたのハンマーと違って、術を使うと体力を消耗するのよ。それ以前に、あんたも幻術にかかって、あたしの下僕になるわよ。諦めて戻りましょう。フレイが心配だわ」

身を翻したイースが、出入り口を通り抜けようとした時だった。

「キャアッ！」

突然、飛び出してきた黒い影にはたき落とされ、床に叩きつけられた彼女は大きくバウンドする。

「イース！」

亮は、イースに向かって勢いよくダイブした。彼女を両手ですくい上げ、体を丸めて一回転すると、すばやく体勢を整える。ぐったりしているイースを胸ポケットに入れて、ハンマーを握り直し、黒い影に明かりを向けて、亮は愕然とした。

「そんな……何で……」

黒い靄《もや》のような気配をまとわらせ、見る間に彼の体軀が膨れ始めた。シャツのボタンが音を立ててはじけ飛び、肩口が破け、ズボンの太ももの部分も裂けていく。

身長が伸びると同時に、胸板が厚くせり出し、上腕の筋肉が盛り上がっていった。

次第に位置が高くなっていく彼の顔を、亮は呆然と目で追う。

巨大化が止まったのは十数秒の後だった。亮と同じぐらいだった彼の身長は、五メートルほどにもなり、天井近くに達していた。

「嘘だろ……」

北欧の男性は平均身長が高いため、巨人が交じっていても気づきにくいことは承知していた。けれど、彼を疑ったことは一度もない。なぜなら、彼はビスコップ・グループの従業員だったからだ。

「ごめんなさい。イース様に乱暴して……幻術をかけられるわけにはいかなくて……」

巨人——ホテルの客室係コリンが、その巨体で出入り口をふさぎ、涙目で亮を見下ろしていた。

「何で君が……前にフレイが、ビスコップの社員は定期的に健康診断してるって……」

他に聞くべきことがたくさんあったにもかかわらず、最初に口をついて出たのはそんな言葉だった。

「健診の時は、人間の友達に代わってもらっていました。持病があるからと……それが明らかになれば解雇されると嘘をついて……」

「人間の友達？　フレイがノルウェーに来たことを知って、ホテルの客室係になりすましたんじゃないのか？」

「いいえ」と、彼は頭を振った。

「フレイ様が、フレイ神の生まれ変わりだとわかる以前から、私はホテル・ビスコップの客室係でした。私の勤めるホテルにあなたが宿泊すると知って、巨人の王が、あなたを担当するようにと……」

「巨人の王？　それは誰？」

「言えません」

「担当の理由は、ハンマーか」

「そうです」

亮は苦い思いで、右手に握ったハンマーに目を落とす。ハンマーは、不死身の巨人を一撃で倒し、ヨルムンガンドを目覚めさせることもできる。巨人が最も恐れ、同時に欲している武器——。

ハンマーを手に入れて以来、亮は、巨人の急襲に備え、ハンマーをポケットに入れたまま眠り、シャワーを浴びる時も、風呂場に持ち込むことにしていた。ノルウェーに来てからもその習慣は変えていない。客室係が巨人だとは思っていなかったけれど——。

「コリン、そこをどいて」

亮はハンマーを構えて見せた。訊きたいことはたくさんあるが、今は、とにかく急いで戻って、イースを治療しなくてはならない。

「どきません……。今回はあなたをここへ閉じ込めておくように命じられました」

怯えた表情の中に、固い決意を見て取り、亮は瞠目した。

(もしや、この隙に、別の巨人がフレイやヴァルのところへ向かっている?)

自分でも血の気が引いていくのがわかった。

「どかないと、ハンマーを投げる」

「たとえ……ハンマーで肉の塊にされても、あなたをここに留めておかなくてはならないのです。これはホテルでハンマーを盗めなかった罰です……」

「そんな罰あるかよ!」

ハンマーを持った亮に、巨人は絶対にかなわない。それを承知で、巨人の王はコリンをここへ使わしたのだ。

彼方から乾いた破裂音が耳に届いたのはその時だった。

「今の音は……？」

「……銃声みたいね。銃を持ってるのはフレイとジョン・スミス……。向こうで何か起こったのかもしれないわ」

胸ポケットの中から声がした。見れば、イースがのろのろと身を起こしている。床に叩きつけられた時に傷を負ったらしく、顔は苦痛に歪《ゆが》み、右腕を左手で押さえている。

「でも、この腕じゃ、術が使えないわ……。亮、彼をどかして」

「壁に穴をあければ――」

「万一、崩落したら、みんな生き埋めでしょうに。早く！　こうしてる間にも、フレイが殺されちゃうかもしれないのよ！」

「……わかった。スマホ、持ってて」

亮は、スマホを点灯させたまま胸ポケットのイースに渡した。明かりがなければ相手が見えない。見えなければハンマーで狙えない。両手でハンマーを握りしめ、腰を落とすと、途端に、妙な高揚感が湧き上がってきた。

――殺せ。やつは巨人だ。

トールの記憶の中にある、巨人に同胞を殺された悲しみや怒りが胸に迫り、目の前の巨人を殺すことでそれを解消しようとしている自分に気づき、亮はぞっとした。

(俺は亮だ。トールじゃない！)

軸足を中心に回転し、遠心力をハンマーに乗せる。

「コリン、ごめん！」

ハンマーを放す瞬間、思わず叫んだ。ハンマーは勢いよく回転しながら、亮の狙い通り、出入り口をふさぐコリンの脚に当たった。肉と骨の砕ける音と彼の絶叫が耳を打ち、悪寒が背筋を這い上る。

コリンの巨体がガクンと傾いた。けれど彼は倒れず、手をついて背中で出入り口を死守する。

「なんで……。自分の命よりも、命令の方が大事なのかよ……」

戻ってきたハンマーを、グローブをはめた手で受け止めながら、亮は呆然とつぶやいた。

「……任務を遂行しなければ、私ばかりか父と母が処刑されます」

うつむいたコリンの顔に、苦渋に満ちた表情が浮かぶ。

「そんな馬鹿な……」

「本当です。マルコだって殺したくなかった。でも、任務が遂行できなければ、父と母を殺すと……」

「マルコを殺したのは、君だったの!?」

「そうです……マルコがフレイに会う前に始末しろと……わ、私は嫌だった……嫌だったけど」

彼の両眼から、ハラハラと涙が落ちる。

（そう……すべての巨人が残虐なわけじゃないんだ……）

遥かな過去、巨人との戦争が始まる前の、平和だった時代を亮は思い起こす。

「そんな脅しに屈することない。ご両親が殺されるなんてあり得ない」

「いいえ！　組織はやります！　川本がそうでした！」

彼は顔を上げ、半ば叫ぶように反論した。

「川本？　君は川本を知ってるのか？　日本の警察官だった巨人の──」

富士川《ふじかわ》河口の地下での戦いの後、亮たちは海に流され、船に救助されたが、川本の遺体は発見されていない。人間を虫けら呼ばわりした川本だったが、亮は彼の行方が気になっていたのだ。

「五月の末に、川本は処刑されました！　彼の家族と一緒に、私の目の前で！」

「嘘……」

亮は絶句した。巨人は泳げないという。だから海に流され溺死し、海底深くに沈んでしまったかもしれないとは思っていたが──。

「彼は海には流されず、富士川河口の地下から自力で河原に這い上がったそうです。そして、日本を出て、巨人の王にあなた方のことを報告しました。でも、あなたたちを殺すことも、ヨルムンガンドを目覚めさせることもできなかったから……」

「生きて帰ったのに……処刑なんて……。巨人の人口は二千を割り、日本で戦える巨人は自分しかいないって、川本は言っていたもの。任務の失敗ぐらいで処刑してたら、いつか自滅する。そんなこと、俺みたいな馬鹿でもわかるのに……」

「処刑当日は、近隣の巨人が集められ、処刑に至る経緯が説明されて……。私が川本の名を知ったのは、その時です。私たちに見せしめるためでしょう」

「こんなの、間違ってる！　命よりも優先されるものなんて、あるわけない！」

こみ上げてくる感情が、怒りなのか悔しさなのか悲しさなのか、亮にはわからなかった。

「……私は巨人で、ハンマーを盗むためにお部屋に伺っていたけれど、……私が日本を好きなのは本当です……」

彼は、悲しそうな微笑《ほほえ》みを浮かべて亮を見下ろす。

「亮！　耳を貸さないで！」

「くそっ」

亮はコリンに向かって駆け出した。思いっきり跳躍してコリンの脇腹に同し蹴りを入れる。五メートルの巨体が吹っ飛び、コリンは地響きを立てて床に落ちた。トールの神力を増大させるベルトを着けた亮の膂力は巨人に引けを取らない。

（今のうちに）

着地した亮は、すぐさま出入り口に向かった。しかし、出入り口を抜ける寸前に、巨大な手の平が亮の行く手を阻む。

「……あなたを行かせるわけには……」

コリンが入り口に這い寄ってきた。

「亮！　ハンマーを使いなさい！」

イースの声を無視して、亮はコリンに飛びかかり、グローブを着けた拳で彼の頬を殴った。その勢いのまま、亮は軸足を中心に一回転して、コリンのこめかみに、踵をめり込ませた。それでも彼は扉から離れない。

殴られても蹴られても、彼は亮を攻撃しようとせず、ただひたすら扉を守った。

（もう嫌だ……）

彼のその姿を見ていたら、涙がにじんできた。

「何で、ハンマーを使わないの！　フレイが危険にさらされてるかもしれないのに！」

イースがわめいた。

「わかってるよ！」

「いいえ。あんたは、今、自分が何をすべきか、ちっともわかってないわ！　あたし、先にフレイのところへ行く！」

イースが、胸ポケットから飛び出した。傷を負ったイースの飛び方はとても頼りなかったが、コリンは捕まえようとはしなかった。妖精が放つ光の残像が、コリンの脇腹と壁のわずかな隙間に消える。

（わかってる……。俺だってフレイたちを心配してる）

焦りは募る。けれど、どうしてもハンマーを投げる気になれない。

「……五月に日本に星が落ちなければ、ラグナロクの兆《きざ》しがなければ、人間として平穏な暮らしを続けていられたのに……」

コリンはうつむいてあえいだ。

「もしかして、人間として暮らしていたかった？」

「……人間の友達がいます。恋人も人間です」

途切れがちな涙声に、亮は胸を衝《つ》かれる。

「人間を嫌ってない？　ラグナロクを望んでいないのか？」

「もちろん、人間のふりをするのは不自由ではあります。けれど、なぜ巨人の王が、人間を滅ぼして自分たちだけの世界を作ろうとするのか、私にはわかりません」

種族が違うという、ただそれだけの理由で、なぜ戦わなければならないのか。

同じ疑問を持つ巨人がいることは、亮にとって微かな希望だった。

「俺たちが巨人の王を止める」

「私に情をかけてしまうあなたには、残酷な巨人の王は止められません」

コリンは、悲しそうな笑みを浮かべて立ち上がった。

「申し訳ありません。あなたに言わなかったことがあります。肉塊になってもあなたを足止めするよう言われたのも、両親の命がかかっていたのも本当ですが、私の役割は単なる時間稼ぎです。巨人の王も、私のような者がトールの生まれ変わりを、いつまでもここへ閉じ込めておけるなどとは考えていません」

「じゃ……気配をちらつかせていたのも、この部屋へ誘い込んだのも、最初から……」

亮の背中に嫌な汗が伝う。

「そうです。私の任務は完了しました」

五メートル近かったコリンの巨体が、急速にしぼんでいく。

「フレイたちに、何をした……?」

この問いに、返事はなかった。人間に変身した彼は、さっと身を翻し、素早い動作で作業場の出入り口をくぐる。

「くそっ」

亮は急いで通路へ出た。コリンの足音は、コテージの方へ遠ざかっているが、亮は彼を追わず、フレイたちがいるはずの資料室へ駆けだした。

（離れるんじゃなかった）

焦りと苦い後悔とが亮を苛《さいな》む。

資料室に戻ると、ヴァルが奥の本棚、すなわち隠し戸の隙間に手をかけてガタガタと揺らしていた。

「ドクター！」

亮の呼びかけに、ヴァルが振り返った。

「亮！　よかった。ここを開けてください。イースは先に行きました」

「何があったんだ⁉　フレイは⁉　ジョン・スミスとアリは⁉」

言いながら、亮はヴァルが格闘していた隠し扉に手をかけ、一気に引き開ける。傾いた棚から、ばらばらと書物が落ちた。隠し扉の向こうは、緩やかな上り坂の一本道だ。

「わかりません。僕は石碑の写真を撮っていて、フレイたちは先に行ったんです」

通路を駆け上がりながら、ヴァルは言った。

「そうしたら銃声が聞こえて、地鳴りのような音もして、震動で歪んだのか、隠し戸が閉まったきり開かなくなってしまって――」

「確か、この先に何かあるって、アリは言ってたよね」

やがて前方に、闇を四角く切り取ったような穴が見えてくる。

「外につながっていたんだ」

一足先に出口に到着した亮は、愕然と足を止めた。

「どういうこと?」

眼前に広がるのは、薄い闇に沈む森の風景だった。前方に未舗装の道路が延び、太いタイヤの跡が残っていた。左右は数メートルにわたり、柔らかくて湿った土が盛られている。

まるで、ここに埋まっていた巨大な物が、たった今、掘り返され、取り除かれたかのごとく――。

「亮。いったい――」

遅れてやってきたヴァルも、その光景を見て息をのむ。

そこへ、「亮!」と、イースが飛んできた。

「三人とも影も形もないわ! きっと巨人がさらってっちゃったんだわ! 亮! あんたのせいよ!」

亮の鼻先でホバリングし、にらみつけてくるイースの目は、つり上がっていた。

「俺のせいで、フレイがさらわれた……?」

「トール様は巨人を討つことを躊躇《ちゅうちょ》なんかしなかったわ! 仲間の安全を最優先したわ! 殺しは嫌だとか、共存だとか、夢みたいなことを考えてるからこうなったのよ!」

イースの言葉が、亮の胸に突き刺さる。

「何をぼーっとしてるの! 早く、情報部に電話して!」

彼女に急かされ、亮は震える指で、腕時計のディスプレイにタッチした。

「まさか、部屋ごと捕らわれるとはな」

フレイは、風化した石棺に腰を下ろし、足を組んだ。アリが隣に腰掛ける。

足下からは絶え間なく振動が伝わり、低いエンジン音が耳に届いていた。フレイたちの入った部屋を運んでいるのが自動車であることは間違いないが、これほどサスペンションの悪い車に乗ったのは初めてだ。

「幅も高さも八フィート、奥行き四十フィート、間違いなくコンテナでございます」

ジョン・スミスが、あらためて内部を懐中電灯で照らした。

「なるほど、長細い部屋だとは思っていたが、コンテナだったのか。では、この乗り心地の悪い車は、トレーラーなのだな」

フレイは苦笑した。コンテナの知識はあるが、中に入った経験はない。

「申し訳ございません。扉の形状で気づくべきでした」

「いや、謝るのは私の方だ。私の判断ミスでお前たちを巻き込んでしまった」

「どうしてこうなった?」

アリが不安そうに、暗い室内を見回す。

「おそらく、マルコの死後、巨人は、地下の宝物庫から貴重な品を取り出すと、使えない物や空き箱をコンテナに入れ、出入り口として使われていた場所に設置したのだろう。マルコのポケットにカードキーを残しておいたのは、私たちをコテージへ行かせるためだ。彼らの狙い通り、私たちはコテージから小びとの地下道へ足を踏み入れた。巨人は、どこかで私たちの動向を見張っていたのだろう。あの状況で巨人が現れたとなれば、唯一巨人と戦える亮《とおる》が相手をすると巨人たちは考えたのだ。現に私はそう指示し、こうして罠にはまってしまった。このコンテナは最初からトレーラーに載せられていて、周囲に土壁を築いて、本来の地下道とつなげてあったのだろう」

「アリたち、なぜ捕まった？　フレイを殺すため？」

「単に私を殺すだけなら、このような大がかりな装置など用意しない。地下道に爆発物かガスをしかければ済む。巨人にとって私たちには何かの利用価値があるのだろう」

フレイは顎に手を当ててしばし考え込む。

（亮を牽制するための人質だろうか）

世界各地に軍事施設を建てたのが巨人で、近いうちに人間を攻撃する計画があるのだとしたら、その計画を実行に移す際、脅威になるのが亮の存在だ。彼のハンマーは不死身の巨人を殺し、山をも砕く。大地震と津波を起こす怪物、ヨルムンガンドさえも倒せる。その亮を牽制し、巨人族の計画を邪魔させないように、自分たちを人質にとったのかもしれない。

（あるいは、レーヴァテインがらみか）

レーヴァテインはスルトの剣だったのかもしれない。

そして、このコンテナやコテージの様子を見る限り、巨人がすでにレーヴァテインを手に入れている可能性は高い。彼らは、ラグナロクを忠実に再現したいと考えていて、レーヴァテインの炎でフレイを焼き殺そうとしているのかもしれない。

フレイはスマホに目を落とす。信号を妨害する装置が備えられているのか、位置情報が出ないばかりか電話もメールもつながらない。

「通信機器は使えないいな」

フレイの言葉に、ジョン・スミスが苦々しくうなずく。彼も先ほどからスマホやウェアラブル・コンピューターなどを操作していた。

「この状況を逆手に取って、巨人の組織やレーヴァテインに関する手がかりを得る」

巨人が、フレイたちを生かしておくか、いずれ殺すつもりなのかはわからないが、このコンテナに閉じ込めたままにはしておかないだろう。コンテナ・トラックなどすぐに足がつく。おそらく、警察やビスコップによる捜索の手が及ばないような、それなりの設備が整った場所に移されるはずだ。

（たぶん、秘密裏に建設された軍事施設の一つ——）

レーヴァテインを含むマルコの収集品が、そこに保管されている可能性も高い。

「うまくいけば、巨人のトップに会えるかもしれない」

フレイがつぶやくと、ジョン・スミスは露骨に渋い顔をした。

車が駐まったのは、それから四時間近く経《た》った後のことだった。エンジン音が止み、間もなく後部の扉が開かれる。

扉の向こうに待ち受けていたのは、四人の男性だった。普段着であったりビジネス・スーツであったりと服装は様々で、見た目は人間と変わらない。みな手ぶらで、ジョン・スミスが手にしている拳銃を見ても、顔色一つ変えなかった。銃で撃たれることを恐れないのは、巨人だからだろう。

「出ろ」

ビジネス・スーツ姿の壮年男性が、ノルウェー訛《なま》りの英語で言った。フレイは素直にコンテナを降り、アリとジョン・スミスも後に続く。

見回すと、左右は、コンクリートで塗り固められた壁だった。コンテナがすっぽりとはまる幅である。前方は高さ八メートルにも及ぶ巨大な金属製の扉で、丸い照明が埋め込まれた天井は、その扉よりもさらに高い。巨人が本来の姿を現しても自由に動けるように造られているのだろう。

背後は、コンテナとその扉が視界をふさぎ、どうなっているのかわからない。

「持ち物をすべて取り上げろ」

壮年男性が、他の三名に命じた。ジョン・スミスが手にしていた拳銃はもちろん、フレイが肩からつっていた九ミリ拳銃他、予備のカートリッジや腕時計型ウェアラブル・コンピューター、スマホ、財布、マルコの地下道から持ち出した書類などを没収される。めがねは持ち物に含まれないのかジョン・スミスのサングラスは見逃された。

身体検査が済むと、壮年男性が「来い」と手招いて、先に歩き出した。

前方の巨大な扉の前に、壮年男性が立った。扉に備えられた長方形のパネルが緑に点灯し、扉が左右に開く。顔認証もしくは虹彩認証によって解錠されるのだろう。

扉の向こうは、四方をコンクリートに囲われた長い通路だ。床には何本ものカラーテープが貼られていた。コンクリートもテープも新しい。この建物は造られたばかりなのだろう。

後ろを三人の巨人に固められ、フレイたちはその通路を奥へ進む。先頭の壮年男性は、赤いテープに沿って歩いていた。テープは行き先を示す標識の代わりだろう。

やがて、左右にいくつものドアが並ぶエリアに出る。それらのドアも、すべて幅四メートル、高さが八メートルほどの巨人仕様だ。

「病院と、動物の臭い、する」

左右を見回し、小声でそう言うアリの目は、今度は普段灰色の右の虹彩が、今はなぜか銀色に輝いている。左右色違いの目が光る時、アリの五感は異様な鋭さを見せる。現に、消毒用アルコールの匂いはフレイにも感じられるが、動物の臭いはわからない。

(動物実験が行われているのか)

不死身の巨人には医薬品の必要はないので、毒薬か生物兵器を開発しているのかもしれない。いずれにしろ、ここが巨人にとって重要な施設の一つであることは間違いない。

壮年男性は、その中の一つのドアを開けた。そのドアには鍵がついていなかったが、五メートル四方のその部屋を前後に仕切るかたちで、鉄格子がはまっていた。床はむき出しのコンクリートで、ベッドもバスルームもない。

「スイートルームが用意できなくて申し訳ないな、ビスコップ卿。他に空いている部屋がないのだ」

壮年男性が、まじめな顔でそう言いながら、ドア近くの壁につけられたパネルを操作した。生体認証ではなくテンキーによる認証装置だ。重い音を立てながら鉄格子が開く。

檻の中へ入ったフレイたちは、壮年男性に向き直った。

「ミスター、あなたがこの基地の司令官か？」

「いや、部隊長《コマンディング・オフィサー》ではあるが、司令官《コマンダー》ではない。だからオフィサーと呼んでくればいい」

彼は、基地に関して否定しなかった。すなわち、この建物は期待通り軍事施設らしい。

「私たちを捕らえた目的は何だ？」

「マルコの収集品に興味を示していたぐらいだ。察しはついているのだろう？ 聡明なビスコップ卿」

彼は薄く笑う。

（マルコの収集品？ ――レーヴァテインがらみか？）

フレイはオフィサーの真意を探ろうとしたが、

「食事はあとで届けさせる」

彼は、そう言って背を向けた。年若い巨人がパネルを操作して鉄格子を閉じ、オフィサーとともに部屋を出て行く。

ドアが閉まると、ジョン・スミスは大きなため息をついた。

「おいたわしいや、若君。このような場所で一夜を明かさねばならないとは」

「仕方がない。せめてもの幸いは、三人が同じ部屋に入れられたことだ」

同室ならば、情報共有ができるし、脱走の計画も立てやすい。

「しかしながら、ここは動物用の檻でございます」

コンクリートの床には排水溝があり、ジョン・スミスが、そこに引っかかっていた毛をつまんで明かりにかざす。

「何を育てているのだか」

部屋には窓もなく、防音壁なのか、他の部屋の物音もいっさい聞こえてこない。

「天井が高いのは、巨人のためか、それとも育てている動物が巨大なのか」

と、天井を見上げ、フレイはジョン・スミスに目配せした。期待通り、天井近くの壁には監視カメラと通気口が備えられている。

ジョン・スミスは、自分の作業が監視カメラに映らないよう部屋の端に移動すると、左足の靴を脱いでヒールを外した。中から五センチ四方のタブレット型コンピューターを出して何気ない様子でフレイに渡す。

ネットワークを捜すと、通信衛星等の遠距離無線通信の電波は拾えなかったが、基地内で使用している無線ＬＡＮは受信できた。

その間に、ジョン・スミスは、左のカフスボタンのカバーを外す。シルクノット式の彼のカフスは中が空洞になっているのである。

「それなに？」

空洞に入っていた直径五ミリほどの球体をのぞきこみ、アリが尋ねた。

「我が社が開発したロボットカメラでございますよ。お掃除ロボットのようにセンサーと人工知能がついていて、自分で考えて動けるのです。巨人のアジトを見つけた場合に備えて持ち歩いておりました。でも、巨人には内緒にしておいてくださいませ」

ジョン・スミスが小声で答え、フレイはタブレットでロボットカメラの操作画面を立ち上げた。やがて、球体の中央が割れ、テントウムシさながら薄い羽が伸びる。その羽をはばたかせ、ロボットカメラはカフスから飛び立つと、巧みに監視カメラの脇をすり抜けて通気口の中へ消えていった。

この機会に、基地内のネットワークをクラッキングしたり、ロボットカメラを飛ばしたりして、情報を集めることは、コンテナの中で打ち合わせてあった。

これで、巨人の組織についての手がかりを得るという目的の一つは達成できる。それにしても――。

(何のために私たちを捕らえたのか)

――マルコの収集品に興味を示していたぐらいだ。察しはついているのだろう?

フレイの問いに、オフィサーはそう答えた。

マルコのコテージは荒らされ、小びとの地下道に保管されていた品は、すでに巨人たちが持ち去った形跡がある。彼らもラグナロクに備え、神代の武器を欲しているのだろう。その最たるものが、世界を炎で焼き尽くしたレーヴァテインだ。

亮がハンマーを手に入れた今、フレイ神の生まれ変わりであるフレイがおのれの武器を取り戻して覚醒するのは、巨人にとって都合が悪いはずだ。しかし、巨人はフレイを殺さず、食事を届けさせるとさえ言った。すぐにフレイたちを殺すつもりではないらしい。

(もしや――)

フレイは無線LANに侵入しようとタブレットを操作していた手を止めた。亮がトール神のグローブとベルト、そしてハンマーを手にいれた時のことが脳裏に思い浮かぶ。

それらの武器は亮の血と呪文とによって蘇《よみがえ》った。レーヴァテインにも似たような呪術がかけられているのかもしれない。

(彼らはレーヴァテインを蘇らせるために、私を拉致したのか?)

だとすれば、レーヴァテインはフレイ神の剣であり、後にスルトの手に渡ったことになる。

しかし――。

フレイは、幼い頃から自分を苛《さいな》む悪夢を思い起こす。

一面の朱色の炎。その中で、哄笑する巨人。炎を生んでいるのは、巨人が手にしている一振りの剣。

そして、武器を失ったことを悔いながら、死んでいく自分――。

(夢の中の私は、ただひたすら武器を失ったことを悔いているだけだ)

何か違和感がある。けれど、フレイにはその違和感の正体がわからなかった。


「おはよう、ビスコップ卿」

フレイたちが監禁された檻を自称オフィサーが訪れたのは、翌日の朝だった。

「よく眠れたかね」

薄ら笑いを浮かべる彼に、フレイはクッション代わりの毛布に腰掛けたまま「おかげさまで」と不敵に笑い返した。実際は深夜まで、タブレット型コンピューターを用いて、この基地のホストコンピューターへの侵入を試みていた。通信速度やバッテリーの関係で、今はまだ基地内の監視カメラの制御と音声通信が傍受できるようになっただけが、今日中にデータベースにアクセスできるだろう。

「余裕だな。それとも余裕のあるふりをしているだけかな」

オフィサーは笑ってそう言うと、「ビスコップ卿に話がある。来い」と手招いた。

フレイに続いてジョン・スミスとアリが立ち上がったが、彼は二人を手で制した。

「君たちに用はない」

「若君に何をするつもりだ」

ジョン・スミスは、多少青ざめていたが、声は冷静だった。

「我々の指示に従えば、命までは取らん」

オフィサーの言葉に、ジョン・スミスはアリの手を引いて一歩下がった。全面的に従うという意思表示だ。現時点では脱出の予定はないし、彼には、やがて帰還してくるロボットカメラの回収という仕事もある。ここで逆らっても何の益もない。

控えていた若い男がパネルを操作し、鉄格子が開く。フレイが檻から出ると、その若者に腕を取られた。

「私は逃げたり暴れたりするつもりはない。手を放したまえ」

フレイが冷然として彼を見据えると、若者は圧倒された様子でフレイの腕から手を放した。それを咎《とが》める者もいない。

「極秘にこれほどの規模の施設を造るとは大したものだ」

オフィサーについて、色テープが張られた通路を歩きながらフレイが言うと、

「土木建築は我々の得意分野でね」

彼は愉快そうに答えた。

考えてみれば、五メートルの身長と人の何十倍もの膂力《りょりょく》を持つ巨人には、ショベルカーもクレーンも必要ない。そういえば神話でも、巨人はたった半年で神々の国アースガルズの城壁を仕上げている。角を曲がると、左右は壁ではなく一面が巨大なシャッターだった。遠くで発電機らしき低い音が響いていたが、人の気配はない。施設の規模は大きいが、人口密度は低いようだ。

オフィサーは、青いテープに沿って歩いている様子だった。いくつかの角を曲がり、やがて彼は、突き当たりのドアに設置された虹彩認証装置前で止まった。両側に開くスライディングドアである。

巨大なドアが音もなく開き、中に保管されていた物を見て、フレイは軽く瞠目した。

ビスコップ城の大広間ほどもあるその部屋には、おびただしい数の槍や剣、弓矢などの武器や甲冑《かっちゅう》が、博物館さながらに、整然と並んでいたからである。しかも、最も長い槍（パイク）は二十メートル近くあり、最も短い剣でも二メートル、柄の太さはそれぞれ直径二十センチ以上と、そのほとんどは、巨人用だ。人間用の大きさの物もあったが、亮のハンマーと同じく、伸縮自在なのかもしれない。

神代の遺物を修復したのか、それとも最近作られたレプリカなのか、デザインは時代がかっているものの、刃は研《と》がれ、甲冑は磨かれていて、すぐにでも使えそうに見える。

「マルコの収集品か？」

「それも含まれるが、我ら一族が代々伝えてきた品もある」

フレイの驚きを感じ取ったのか、オフィサーは満足げにうなずいた。

「本物か？」

「実戦用という意味では、すべて本物だ。往時の物もあるし、ラグナロク以降、生き残った小びとどもが細々と製作した物もある」

オフィサーがその武器庫に足を踏み入れた。

「まさか、各国の基地にも、このように武器を蓄えているのか？」

彼の後を歩きながら、フレイは左右を見回す。

「そうだ、と言いたいところだが、かつて我々の文明が栄えたのは、現在の北ヨーロッパを中心としていたらしく、中東やアジア、アメリカには、これほどの数はない」

つまり、各国にも基地があり、多少なりとも武器が配備されているということだ。

「他にも、現在でいうところのグレネードランチャーやカノン砲、地対空ミサイルもあるが、残念ながら修復できる技術者がいない」

「マルコを殺したのは失敗だったな」

それほどの技術が失われてしまったのは惜しいと、フレイも思う。

「私もそう思うが、上からの指示だったのでな。それに、マルコは、刀剣や装飾品を作る職人としてはまああの腕を持っていたようだが、爆薬や重火器類はからきしだったらしい」

（らしい？）

オフィサーは、マルコとさほど親しくなかったのだろうか。

「やつの一番の功績は、あれを発掘したことだろう」

彼は肩越しにこちらを振り向き、武器庫の最奥を親指で示した。そこには祭壇にも似た石のテーブルが置かれ、その上に電子錠つきのガラスケースが載っている。

「あれは……」

ガラスケース中に入っている物に気づき、フレイは足を止めて、それを凝視した。

レイピアに似て、湾曲した鍔《つば》がついている細身の剣。

一面に錆《さび》が浮いているため、柄や鍔の装飾もはっきりしないが、あの形は間違いない。

「レーヴァテイン……。やはり、お前たちが持っていたのか」

「ルカ、そいつを椅子に縛っておけ。ケースを開けたとたん、逃げたり暴れたりしないという約束を破るかもしれん」

オフィサーに言われ、つき添ってきた若者の一人が、椅子を運んできてフレイを座らせ、ロープで背もたれに固定する。

「オークションに出されると知って、驚いただろう？　ビスコップ卿。私たちも公開された画像を見て、我が目を疑ったぞ。盗まれたと聞いた時には、愕然としたがな」

オフィサーがガラスケースに歩み寄った。

「レーヴァテインを盗んだのは巨人ではなかったのか」

「マルコは、職人でもあるが、その前に商人だったのだよ。実に小びとらしい」

彼は、侮蔑を含んだ笑みを浮かべた。

「なるほど。そういうことか」

商人――という言葉で、フレイはマルコの立ち位置も、殺されたわけも理解した。

マルコは巨人と人間とを天秤にかけたのだろう。オークションは、巨人やフレイたち――つまり、神代に関わる者の注目を集めるためだ。巨人に奪われたり安値で買い叩かれたりする前に、マルコは、レーヴァテインが盗まれたという芝居を打ち、高値をつけてくれそうな者からの接触を待った。実際、フレイはマルコに会う約束を取りつけ、情報を買うつもりだった。それを知った巨人はマルコに電話をし、フレイよりも高額な報酬を出すとでも言って呼び出したのだろう。しかし、巨人はマルコに報酬を払わず、頸《くび》をひねって殺したのだ。

「大人しく我々の手下になれば、殺されずに済んだのだがな。馬鹿なやつだ」

言いながら、オフィサーはガラスケースの電子錠に人差し指を当てて解錠した。指紋認証らしい。

ケースのふたが開いた。レーヴァテインから、熱く恐ろしい気配が陽炎《かげろう》のように立ち上り、フレイは息をのんだ。

(これは、夢の中の……)

フレイの脳裏に、一面の朱色の炎が思い浮かぶ。

世界を焼き尽くした、破滅の炎。

炎を生むレーヴァテイン。そして、それを手に哄笑する巨人。

武器を失ったことを悔いながら、死んでいく自分――。

(本物のレーヴァテイン……。私を殺し、世界を焼いた……)

体はひどく熱いにもかかわらず、背筋には鳥肌が立っていた。

ガラスケースに手を入れ、オフィサーがレーヴァテインの柄を握る。

「顔色が悪いぞ。ビスコップ卿」

酷薄な笑みを浮かべ、近寄ってくる彼が、炎の巨人の姿に重なった。

(そうだ……剣の名はレーヴァテイン、巨人の名はスルト……)

神話が、夢の中の記憶に符号する。

死ぬことは恐ろしくなかった。けれど、フレイはスルトを倒す術《すべ》を持たず、自分の命をもってしても世界の滅びを防げなかったことが悔しくてたまらなかった。

その時の、絶望と悔恨とがまざまざと蘇る。

(私が武器を失っていなければ……)

「ビスコップ卿。この文字を読んでもらいたい」

オフィサーの声と同時に、ずい——と、レーヴァテインが鼻先に掲げられ、フレイは現実世界に立ち返った。

見れば、錆《さ》びついた刀身に小さな文字がびっしりと刻まれている。亮のハンマーやベルト、グローブに記されている文字とほぼ同じだ。神代の文字だろう。

トール神の持ち物だったそれらは、亮の血と、彫られていた文字を読む声とで、往時の力を回復した。一種の生体認証である。

予想通り、レーヴァテインにも似たような術がかけられており、そのために巨人はフレイを拉致したのだ。

フレイはその文字に目を凝らし、意識を集中して、ふと、眉をひそめる。

「読めない」

フレイは言った。

破滅の炎を喚ぶ剣が巨人の手にあるうちに蘇らせるわけにはいかないのはもちろんだが、フレイにはその文字が本当に読めなかった。

「意地を張るとろくなことはないぞ」

「読まないのではなく、読めないのだ。この剣は偽物だ」

これがレーヴァテインであることは間違いない。この熱く恐ろしい気配には憶《おぼ》えがある。なぜこの文字が読めないのか理由はわからないが、フレイはオフィサーに剣が偽物だと思い込ませることにした。彼に揺さぶりをかけ、できるだけの情報を得なければならない。

「――そんなはずはない」

案の定、オフィサーはうろたえた表情を見せた。

「私がこの文字を読めばレーヴァテインが往時の力を取り戻すと、お前たちに教えたのは誰だ？」

「マルコだ。これに書かれている九つの呪文を、フレイ神の生まれ変わりが声に出して読めばレーヴァテインが蘇ると言っていた」

「騙されたな。愚かなことだ」

フレイは刀身からオフィサーに目を移し、薄い笑みを浮かべた。

「馬鹿な……」

彼は、しばらくの間、フレイとレーヴァテインを交互に見ていたが、やがて気を取り直した様子で、「読む気にさせてやる」と、レーヴァテインを祭壇に置き、スーツのポケットからオイルライターを出した。

「容姿も頭脳もパーフェクト。完全無欠のビスコップ卿の、唯一の弱点は、火だそうだな」

眼前でオイルライターを着火され、フレイは思わず奥歯をかみしめる。

「その美しい顔を、二目と見られない化け物に変えられてもいいのか？」

わざとらしい恫喝の声は、彼の動揺を隠しきれていなかった。

「それはあまり奨められない。目が焼けたら、本物のレーヴァテインが見つかった時、文字が読めなくなるだろう」

「くそ」

オフィサーはフレイの右手をつかんだ。炎が人差し指に近づく。指先から脳までを突き抜けるような熱さと痛みが走り、フレイは悲鳴をかみ殺した。

ジジ――と小さな音を立て、肉の焼ける臭いが鼻をつく。

「人間は、指先の神経が鋭いそうだな。そこを焼かれるとどような痛みがあるのだろうか」

彼はフレイの顔をのぞき込んだ。炎は、オフィサーの手も一緒に炙《あぶ》っていたが、彼は、眉一つ動かさない。巨人の川本《かわもと》が銃で撃たれても平然としていたように、巨人はおしなべて痛覚が鈍い上に、ダメージを受けた細胞が見る間に再生してしまうため、皮膚が焼けても気にならないらしい。

「読む気になったか？」

　炎が遠ざかった。

「だから、読めないと言っただろう。時間の無駄だ。こんなことをしている間に、本物のレーヴァテインを捜しに行くべきだと思うが」

　フレイがオフィサーを見据えると、彼は怯んだ様子で視線をそらせた。

「レーヴァテインを蘇らせたくないから、そんなことを言うのだな。わかっているぞ」

　今度は炎が中指を焼いた。

「次は、薬指、小指、左手といく。それとも、爪を剝がれる方がいいか？　切り落とされる方がいいか？」

「好きにするがいい。そうやって脅し、苦痛を与えれば、私がお前に屈すると思っているようだが、それは大きな間違いだ」

「そうやって強がっていられるのも今のうちだ」

「過去のラグナロクから長い年月を経《へ》て、人間は地に満ちて増えた。だが、お前たち巨人族は二千足らず。この違いは何が原因だと思う？　痛みを知っているからだ。おのれの痛みから、相手の痛みを思いやる。そこに集団の力が育つ。だから人類は繁栄した」

　フレイの脳裏に、亮の顔が思い浮かぶ。彼は人間だけでなく、巨人の立場にも立って共存を望んでいる。最強の戦士でありながら、命を尊ぶ心を失わないのは、敵を力でねじ伏せるのとは、別の意味で強いとも言える。

「おのれの不死身性と膂力だけを頼みにしているようでは、巨人族による地上の征服は――」

言い終わらないうちに、フレイの左の側頭に鈍い痛みが走った

フレイの言葉に激昂したオフィサーが、フレイの頭を拳で殴りつけたのだ。一瞬、視界が暗くなったが、指の痛みが意識を保たせてくれた。

殴られて切れたのか、こめかみから血が流れ、頰を伝ってシャツを染めていく。

それを見て溜飲が下がったのか、オフィサーはフレイの髪をつかんで顔を上げさせ、歯を剝いて凄んで見せた。

「トールの転生体の日本人は、ハンマーの文字を読んだと聞いたぞ。たとえ失われた古代文字であろうと、お前なら読めるはずだ」

炎が薬指に移った。

「拷問の仕方に芸がないぞ。……亮がハンマーの文字を読んだというのは、誰から聞いたのだ？」

亮がトールとして覚醒する場面を見たのは、フレイとイース、アリ、ヴァルそして川本だけだ。亮たちが不用意に触れ回るとは思えない。どこで情報が漏れたのだろうか。

「日本で川本と名乗っていた者だ。お前がフレイ神の生まれ変わりだと気づいたのも川本だ」

「川本は、生きていたのか」

「処刑されたがな」と、オフィサーは苦い顔をした。

「恐怖政治は長続きしない。歴史を学べ。現代のラグナロクでは私たちが手を下すまでもなく、お前たちは滅ぶ」

「減らず口をたたくな！　文字を読め！　お前には読めるはずだ。この剣が偽物であるはずがない！」

オフィサーの目がつり上がった。

「疑うなら、お前がその文字を読め。私が復唱する」

フレイがそう言うと、彼はライターの火を消し、押し黙った。彼には、読めないのだろう。

神代において巨人や小びと、人間はそれぞれ別の言語を使っていたと、ヴァルは言っていた。しかも、一万年前という長い時間を経ている。当時の言語が失われるのは当然だ。

「王族や聖職者の中に、読める者がいるのではないか？　誰でもいい。読んでくれれば復唱する」

神代を引き合いに出し、フレイは現在の巨人族の組織構成を探る。

「いや。これは古代の小びとの言語だ。我々の王にも研究者たちにも読めなかった」

すでに解読を試みたが誰も読めなかったらしい。また、トップに王はいるが、聖職者はいないことになる。人口が二千であることを考えると、絶対君主によるトップダウン式構成をとっていることはほぼ間違いない。

「各国に散らばっている巨人に呼びかけて、読める者を募ったらどうだ？」

世界中に建設されている基地について話題を持っていこうと思ったが、

「なるほど、そうやって助けが来るまでの時間を稼ぐつもりか。小賢しいことを」

オフィサーは曲解したらしい。扱いにくい男だ。

彼はオイルライターをポケットにしまうと、壁にかかっていた槍《ランス》を手にした。持ち主の意思に応じて大きさを変えることができるタイプの武器だったらしく、彼が握った途端に、それはアイスピック程度の大きさに縮んだ。ルカに命じて、フレイの上着とシャツのボタンを外させ、顕《あら》わになったフレイの胸に極小ランスの先端を当てる。

「この武器は、奴隷や獣の調教用に開発されたらしい。かすっただけでも想像を絶する痛みを脳に認識させるとのことだ。読むなら今のうちだぞ」

「お前たちの王に伝えるがいい。この剣は偽物だったと」

「――死にたくなるほどの苦痛を味わわせてやる」

オフィサーは歯を剥き、ランスを握った手に力をこめた。

この武器庫に、もう何時間いるのだろう――と、フレイはぼんやり考えた。

槍で刺された胸から、何本もの血の筋が垂れ、服が湿って不快だった。その後で折られた指は腫れ上がり、もう感覚がない。

フレイは今、両手首を縛られ、フックにつるされて、鞭で叩かれていた。

「レーヴァテインの文字を読んでしまえ。楽になるぞ。ビスコップ卿」

オフィサーは、口ではそう言っているが、ただフレイを責めることを楽しんでいるだけで、レーヴァテインの起動は二の次のようだ。その証拠に、レーヴァテインは祭壇に置いたまま、フレイに見せようともしない。

鞭がうなり、背中に熱い痛みが走る。フレイは身をよじり、うめき声を飲み込んだ。

「こうやって意味のない拷問を延々と続けられる執拗《しつよう》さは、あきれるのを通り越して、むしろ感心している」

フレイは唇の端を上げて挑発的に笑む。

客観的には、かなり無様だとは思うが、それほどの屈辱は感じない。悪夢の中の、あの絶望と悔恨と、無力感に比べれば、この程度の痛みは大したことではない。

「強情なことだ。支配と従属の関係は、物理的な痛みを与えるだけでは作れないらしいな。精神面でのアプローチも必要なのだろう。ここで待っていてくれたまえ」

飽きたのか、オフィサーは鞭を置いた。踵を返す彼に、「俺が訊いても構いませんか？」と、年若い巨人――ルカが声をかける。

「構わんが、殺すなよ」

オフィサーは、そう言って武器庫を出て行った。

「あんた、大金持ちの貴族なんだってな」

ルカが、フレイの前に立った。彼はフレイのあごを押さえ、いきなり頬をはたいた。

警官が容疑者に尋問する場合、高圧的に脅す役と、懐柔する役を分担すると聞いたことがあるが、その手法は使わないらしい。

「人間は全部嫌いだが、お前みたいに、いい家に生まれただけで優位に立ってるやつが、特に嫌いだ」

抽象的な理由で他者を責めるような短絡思考の持ち主なら、ルカは、オフィサーよりは扱いやすそうだ。

「俺たち巨人は、強い者、賢い者が上に立つんだ。女も上位の男を夫に選ぶ。生まれも血筋も年齢も関係ない」

「なるほど。不健康な者や無能な者はリーダーにはならず、子孫も残さない。原始的だが、優秀な遺伝子を残すには有効な方法だ」

多少の皮肉をこめたつもりだが、ルカには通用しなかったらしい。

「なのに、何で、お前らは偉そうにのさばってんだ？」

霊長目の中では抜群の適応力と繁殖力により、数を増やしたからだろう――などと言っても挑発にはならないので、フレイは黙っていた。

「俺たち巨人は、怪我をしてもすぐに治る。腕力もある。ライオンと素手で戦っても勝てる。なのになぜ、こそこそと日陰で暮らさなけりゃならない」

「その道を選んだのは、お前たちの先祖ではないか？　潜伏して、クーデターの機会が来るのを待っていたのだろう？」

「違う！」

強烈なフックがフレイの脇腹にめり込んだ。腰から下の力が抜け、縛られた手首に体重がかかった。

「……では、なぜ今まで表に出てこなかった？」

「人間が巨人を追い込んだんだ！」

フレイを睨むルカの目は血走っていた。

「お前たちは巨人を不死身だと思っているようだが、そうじゃない。年を取れば死ぬ。水には浮かないし、人間と同じで肺で呼吸するから溺れて死ぬこともある。傷の治りが間に合わないぐらいの大怪我をすれば死ぬ。それからもう一つ――」

彼は、そこで言葉を切って、フレイの胸ぐらをつかんだ。

「食えなけりゃ、死ぬ」

頬に拳が飛んだ。口の中が切れたらしく、舌に血の味が広がる。

巨人の本来の体軀は、人間の二、五倍から三倍だ。細胞の再生速度もおそろしく早い。代謝が活発であれば、それなりのエネルギーが必要だろう。

以前、ヴァルも太古のラグナロクの始まりは、異常気象による食糧危機だったと言っていた。

(そこに勝機がありそうだな)

全面戦争になった場合は、兵站線《へいたんせん》を寸断すればいい。食糧の供給を絶《た》てば、巨人は人間ほど長くは保たない。

「俺の母は、餓死した。働く場所もなく、食べる物が買えずに――」

ルカは怒りにまかせてしゃべり続けた。

ルカの母はシングルマザーで、山の中で狩りをしながら、ひっそりとルカを育てていたが、土地開発で狩り場がなくなり、ルカが十歳の時、街へ出たという。しかし、身分証明ができないため、ろくな働き口がなく、わずかな収入で得た食糧をルカに与え、自らは飢えて死んだとのことだ。

「お前ら人間が、俺たちから狩り場を奪ったからだ！　もっと山奥へ行けというのか！　狩りは一カ所では続けられないんだ。狩りすぎれば獲物がなくなる。平地へ降りて畑を作ろうにも、土地には所有者がいるとほざく。誰がそんなことを決めた！　もともと住んでいたのは俺たちなのに！」

ルカは喚きながら、フレイを殴りつけ、蹴りつける。

フレイがぐったりとして反応を示さなくなったせいか、ルカは殴るのをやめた。かがんでフレイの顔をのぞきこむ。

「死んだのか？」

声が怯えていた。巨人は上下関係が厳しい。フレイを殺せば、恐ろしい制裁が待っているのだろう。

「安心しろ、生きている」

フレイは笑って見せた。

「母親と街へ下りた時、他の巨人に助けを求めなかったのか？」

「助けてもらいたくても、俺たちが住んでた街には、他に巨人がいなかった。仲間が迎えに来たのは、母が死んだ時だ」

ルカの身の上には同情の余地はあるが、巨人の中には、人間社会に溶け込み、ビスコップに対抗するほどの権力者もいる。援助しようと思えばできたはずだ。案外、ルカの人間に対する憎しみは、アンチ人類を育てるための、巨人の組織による洗脳かもしれない。

「要するに、お前たち巨人は、食糧が足りなくて山を下りてきた熊なのだな」

「何だと？」

ルカの顔に怒りの朱が走る。

「世界中に軍事施設を造って、大都市に核ミサイルでも落とすつもりか？　長距離弾道ミサイルなど、すぐに迎撃される。そしてお前たちの大事な狩り場は、自らが造った核で放射能汚染され、いっそう食糧危機に陥るのだ。浅薄なことだな」

フレイが憫笑《びんしょう》を浮かべると、「核弾頭なんか使うか！」と、彼は反論した。ミサイルないしロケット弾を発射する予定はあるが、核弾頭ではないらしい。

「迎撃が間に合わないよう距離だって計算して――」

言いかけるルカの声に「そのへんにしておけ、ルカ」と、オフィサーの声が重なった。

「無力なおのれを呪うがいい。夏至祭には盛大に火を焚いて、神として最期を迎えた時と同じように屠《ほふ》ってやる」

ルカは吐き捨てるようにそう言って、フレイの髪をつかんでいた手を放した。

「世界の支配権の掌握は、神代以来の我々の悲願であり、現代のラグナロクは、種族の誇りをかけた戦いだ。食糧だけの問題ではない」

オフィサーの方に視線を移し、フレイは目を剝いた。彼の背後には、他の巨人に連れられて、上半身を粘着テープで幾重にも巻かれたアリとジョン・スミスがいたからだ。

アリとジョン・スミスは、衣服が破れて火傷や鞭の跡も生々しいフレイを見て青ざめていた。

「お前は、自分の苦痛には、いくらでも耐えられそうなのでな」

オフィサーは薄い笑みで応じ、祭壇に置いてあったレーヴァテインを手に取った。

「さて、どちらから始めるかな。ビスコップの秘書兼護衛は、絶対の忠誠心が培《つちか》われるよう、子息が子どもの頃から寝食を共にするそうだな。まずはその側近の男にレーヴァテインを味わってもらうか」

酷薄なオフィサーの目がジョン・スミスに向いた。

「なぜそのようなことまで」

ジョン・スミスが驚いたのは、自分がターゲットにされたことではなく、ビスコップ家の内情をオフィサーが知っていたことだろう。

「それとも、養育中の少年にするか」

オフィサーの視線がアリに移り、彼は恐怖に身をすくませる。

「ふむ。子どもからにしよう。泣いて叫んでくれれば、ビスコップ卿の気も変わるかもしれん」

オフィサーの言葉で、ルカが、アリを小突いて前につきだした。

「アリに、何をするつもりだ」

「目玉をくりぬく。お前を失明させるわけにはいかないが、この少年の目が見えなくても困らない」

オフィサーは、手にしたレーヴァテインの切っ先をアリの眼前に突きつけた。

「そのレーヴァテインは偽物だと言ってるだろう」

フレイはオフィサーをにらみつけた。

「アリに傷一つでもつけたら、お前たち全員を皆殺しにする。どんな手を使ってでも、たとえ私がこの場で殺されてもだ。ビスコップの力を甘く見るな」

自分が今、どんな顔をしているのかフレイにはわからなかったが、こちらを振り向いたオフィサーの表情に怯えが走る。

ジョン・スミスが飛び出したのはその時だった。後ろ手に縛られた彼は、アリとレーヴァテインの間に肩から突っ込み、アリに覆い被さるようにして倒れ込んだ。

「ジョン・スミス！」

レーヴァテインの先端に血が絡みついていることに気づき、フレイの背筋が凍る。

「ただの人間にしては、大した瞬発力だ」

オフィサーは唖然としていた。

ジョン・スミスがゆっくりと振り返る。

「おとぎ話に登場する巨人は、たいてい残虐だが、子どもに手を出すとは、架空の化け物以下だな。何が、種族の誇りをかけた戦いだ」

そう言って笑うジョン・スミスの小鼻から左耳までは、ざっくりと裂けて、おびただしい血が流れ出ていた。サングラスが定位置に収まっているのが、フレイには冗談のように思えた。

「さすがはビスコップの秘書兼護衛だ。いいだろう。望み通り、お前から殺してやる。たっぷりと時間をかけて」

額に青筋を立て、唇をゆがめてオフィサーは言った。

彼が、配下の巨人に命じて用意させたのは、水を張った大型の水槽だった。さらにその中に氷も入れられる。

「本来は、仲間内で制裁を加える際に用いる手段だ。お前も知っているだろうが、我々は泳げない。従って、水責めには溺死の恐怖が伴う。その上、氷水が肺に入った時の苦痛は壮絶だ。しかもなかなか気絶できないときている。そこは人間も同じではないかな」

オフィサーは、ジョン・スミスの襟首をつかみ、水槽の縁まで引きずると力任せにひざまずかせた。

「やめろ！」

フレイは怒鳴ったが、オフィサーは耳を貸さず、ジョン・スミスの頭を水槽に突っ込んだ。水しぶきが飛び、水面に水泡と血とが浮き上がる。

「そんなことをしても、レーヴァテインは蘇らない！　お前たちはマルコに騙されたのだ！　このことが王の耳に入れれば、お前がどんな責めを負うのか知らないが、王の目を逃れても、ビスコップが世界の果てまで追いかける。いずれにしろ、お前はラグナロクの結末を見られない！」

「そんな脅しが通用すると……」

動揺を隠せないまま、オフィサーは、ジョン・スミスの襟首をつかんで引き上げた。激しく咳き込む彼に息をつかせる間もなく、再び氷水に突っ込む。ジョン・スミスの体が小刻みに痙攣する。

「私にはその文字は読めない。それは本当だ。それがレーヴァテインではないか、もしくはマルコが言っていた九つの呪文の話が嘘なのだ。私に前世の記憶があればその神代文字を読めたかもしれないが、私はフレイ神の記憶を取り戻していない。私なら、拷問などで無駄な時間を費やさず、神代文字を解読し、そこに書かれているのが真に九つの呪文なのか、マルコの話を検証する。オフィサー、君ならどうする？」

フレイの冷徹なまなざしに射貫かれ、オフィサーの目が揺れる。

そこで携帯電話の着信音が鳴り、オフィサーはジョン・スミスを氷水から引き上げた。

携帯を耳に当てた彼は、しばらく黙っていたが、やがて「了解」とだけ言って通話を終了する。

「命拾いしたな、ジョン・スミス」

こちらに向き直ったオフィサーは、忌々《いまいま》しそうだった。

「明日、コマンダーがビスコップ卿を直々に尋問するそうだ」


乱暴にコンクリートの床に放り出され、ガシャンとけたたましい音を立てて檻の戸が閉められた。

「大丈夫か……？　ジョン・スミス」

手首をロープで巻かれたままのフレイは、ざらついた床で寝返りを打ち、痛む体を無理矢理に押し上げる。顔の向きを変えると、上半身に粘着テープを巻かれたまま、床に転がっているジョン・スミスとアリの姿が目に入った。

「わたくしの心配は御無用です。軍にいた頃、拷問された場合の訓練もいたしましたので――。それよりも若君のお体の方が……」

ジョン・スミスの声は弱々しかったが、それでも自力で起き上がった。頬からの出血はまだ止まらず、濡れたシャツと上着に大きな染みを作っている。

「私は平気だ。亮と同じで、人より頑丈にできているらしい」

槍で刺された穴と、鞭で打たれた傷の出血は止まっている。ただし、焼かれ、折られた指が動かない。フレイは座り直し、ジョン・スミスの粘着テープを剝がそうとしたが、力が入らなかった。

「任せて」

アリが膝でにじり寄り、ジョン・スミスに巻かれた粘着テープの端を噛んで引っ張った。そのまま立ち上がって、ジョン・スミスの周囲を回り、テープを外す。

「慣れておいでですね」

手の自由を取り戻したジョン・スミスは、フレイの手首のロープを解き、続いてアリのテープを剝がした。

「お店の物、お金払わずに持ってって、お仕置きされたことある。ギャングの仕事の邪魔して、捕まったこともある」

「わたくしも子どもの頃は、やんちゃをいたしましたが、アリ様の方が経験豊かでいらっしゃる」

ジョン・スミスは右足の靴を脱いでヒールを外し、小さなケースを出した。防水加工された滅菌済ケースの中身は救急キットである。五月に宝永《ほうえい》火口で生き埋めにされて以来、すべてのジョン・スミスに携帯が義務づけられた。そこからフィルム絆創膏を出し、彼は、フレイの傷を治療する。

監視カメラで見られているだろうが、救急キットなら取り上げられても困らない。

「おいたわしや、若君。わたくしがおそばにおりながら……旦那様や若旦那様、他のジョン・スミスたちに会わせる顔がございません」

「私が望んで敵の懐に飛び込んだのだ。お前たちを巻き込んでしまった。済まない」

「いったい、オフィサーは何が目的でこのような非道いことを……。氷水の中で、若君がレーヴァテインや前世の記憶について仰っていたのは聞こえましたが」

ジョン・スミスが声をひそめる。

「レーヴァテインの起動だ」

フレイも小声で答える。

「レーヴァテイン？　では、マルコからレーヴァテインを盗んだのはやはり巨人だったのでございますか？」

「最初の盗難騒ぎは、マルコの狂言だった。彼は、私と巨人を天秤にかけたのだ」

フレイは自分の推測をジョン・スミスに簡単に説明した。

「――さようでございましたか」

「レーヴァテインを起動するためには、私が刀身に彫られた文字を読む必要があるらしい」

「神代の文明を滅ぼした最終兵器でございましょう？　巨人の手にあるうちは、とても起動させられません。若君が文字を読まなくてようございました」

「読まなかったのではない。読めなかったのだ」

フレイは微苦笑した。

「私はフレイ神の生まれ変わりではないのかもしれない。でなければ、あの剣はレーヴァテインではないのだろう」

「見目麗しいそのお姿、富と豊穣をもたらす経営手腕、若君がフレイ神であることは間違いございません」

フレイの胸の傷にフィルムを貼りながら、ジョン・スミスは自信に満ちた口調で言った。

「それに、オフィサーは、ビスコップ家について詳しく調べた様子。巨人の側も若君がフレイ神であることを確信した上での拉致だと思われますが」

「アリ、気配でわかった。アリの目を刺そうとした剣、レーヴァテインだった」

アリも、きっぱりとそう言ってうなずく。

「なぜ断言できるのだ？　お前が神代の遺物に敏感なのは前からだが、それにしても——」

「わからない。けど、血が騒ぐ」

と、アリは金銀に輝く色違いの目を瞬《またた》いた。

「何にせよ、今日のところは読めなくて幸いでございました」

ジョン・スミスは、フレイの折れた指にピンを添えて、テープで固定した。

アリが残りのフィルムを手に取る。

「ジョン・スミスの傷、アリが絆創膏を貼る」

治療が終わると、ジョン・スミスは監視カメラから見て、アリの陰になるようにして、左の靴のヒールを外した。五センチ四方のタブレット型コンピューターを出してネットワークにアクセスし、この部屋の監視カメラの映像を五秒でループするように設定する。これで、監視している者には、三人ともぼんやりと座りこんでいるように見えるはずだ。

設定が終わったことを見て取り、「ロボットカメラの録画と、他の部屋の監視カメラの映像を見せてくれ」と、フレイは言った。

「オフィサーの話や、ルカという巨人が口走った言葉から推測すると、世界各地に建設された軍事基地には、ミサイルもしくはロケット弾が配備されているらしい。その話題の時に、ルカは、夏至祭には盛大に火を焚いて、私を神として最期を迎えた時と同じように屠ると言っていた。レーヴァテインが起動されていないにもかかわらず、大地を火の海にし、その中で私を焼き殺せると確信している様子だった。基地にはそういった兵器が備えられているのかもしれない」

「まだ編集しておりませんが——」

バッテリーを節約しなければならないので、フレイと一緒に見ながら編集するつもりだったという。

「ロボットカメラは、この部屋から北へ向かうよう設定しました。監視カメラの映像と合わせてご覧ください」

ジョン・スミスはディスプレイをフレイに向けた。通気口から部屋を斜めに俯瞰《ふかん》する動画が映る。

「この部屋は、基地で寝起きしてる巨人たちの部屋だと思われます」

彼は、動画を適宜早送りし、肝心な場面を示した。その中には、フレイたちが拷問された武器庫も含まれていた。方角が別枠で表示されるので、フレイは動画とその方角を照らし合わせ、基地の平面図を頭に思い描く。

会話や宿舎のベッドの数から、この基地には三十人ぐらいの巨人が常駐していることがわかった。オフィサーと呼ばれる巨人は複数おり、基地の指揮官はジェネラル——将軍と呼ばれているらしい。

「管理職の呼称から推測すると、少なくとも基地内は軍の体裁を整えた縦社会でございますね」

「ルカは、年齢や血筋とは関係なく、能力で序列が決まると言っていた。オフィサーは自分を部隊長《コマンディング・オフィサー》だと言っていたし、彼によると王が存在するようだ」

さらに動画や音声、電話でのやりとりを拾っていくと、オフィサーが武器庫から去る前に言っていたコマンダーと呼ばれる巨人は、今までこの基地を訪れたことはなかったが、フレイの身柄確保の報告により、訪問が決まったらしい。

「まさかロンドン警視庁の警視長《コマンダー》が来るとは思えませんが、巨人の組織の中でも王に次ぐ地位にある司令官《コマンダー》ではないでしょうか。レーヴァテインは世界を破滅させる最終兵器。そして、その起動のために若君は拉致されたのですから、最高司令官が視察にきても不思議ではございませんし、能力で序列が決まるのであれば、最高司令官がレーヴァテインを自分の物にしようと考えるのは当然だと思われます」

「そうだな」

フレイ神は武器を失い、炎の巨人に焼かれて死んだ。そして今も、フレイは武器を手に入れようとして、巨人と争っている。繰り返されるラグナロク——。

「あ、コリン」

食堂の映像が映し出された時、隅のテーブルで一人食事をしている青年をアリが指さした。

「コリン？　ホテル・ビスコップの客室係か？」

青年の顔を拡大する。彼は、うつむき加減で、ぼそぼそとサンドイッチをかじっていた。さえた表情できびきびと動いていた仕事中の彼とは雰囲気は異なるが、間違いなくコリンだ。

「ビスコップ・グループの従業員に巨人が交じっていたとは」

グループ各社とも、採用の際は学歴や家族構成、健康状態などの書類を証明書つきで提出させている。いったいコリンはどうやって書類選考の目をくぐり抜けたのか。

ロボットカメラによるそのエリアでの撮影は、防塵フィルターらしき物を撮影して戻っていた。内蔵されているセンサーにより、その先へは進めないと判断したのである。

「どこか遠距離通信の電波が送受信ができる場所はなかったか？」

防塵フィルターの先が、空調機の室外機とつながっているのなら、衛星通信圏内の可能性がある。そこから基地のデータを対巨人情報部に送れると、フレイは考えたのだが、

「残念ながら、すべて圏外です。コンクリートが厚すぎるのかもしれません」

と、ジョン・スミスは履歴を確認する。

となると、コンテナ・トラックの出入り口が開いた隙にロボットカメラを外へ出すしかない。出入り口の開閉システムは制御可能だが、勝手に開ければネットワークに侵入したことを巨人に気づかれる恐れがある。

「こちらは、施設の南側になります」

ジョン・スミスが動画を再開させた。

「これは――？」

最初に映し出されたのは、フレイたちが監禁されている隣の部屋だった。造りはここと同じく、壁も床もむき出しのコンクリートで、鉄格子がはまっている。

檻の中で飼育されていたのはオオカミに似た獣だった。前に突き出た口吻《こうふん》や、三角形の立ち耳、ふさふさとした尾はオオカミと酷似しているが、爪が長く湾曲している。何よりもオオカミではないと

断言できるのは、その大きさだった。五メートル四方の部屋が狭く見える。

「体胴長、三二五センチ、肩までの体高一八一センチ、推定体重約一一〇キロ、現存するイヌ科の動物では最大と言われるシンリンオオカミの倍以上あります」

ディスプレイに画像を解析したデータが表示され、それを読み上げるジョン・スミスの声は、少しうわずっていた。

それが五メートル四方の部屋に閉じ込められて、苛立っているのか、落ち着きなく歩き回っている。

「もしや、フェンリルの子孫か？」

フレイの脳裏に、北欧神話に登場する巨大オオカミの名が思い浮かぶ。

「最も類似する生物は、約一万年前に絶滅したダイアウルフだそうです。それでもこれほど大きくはありませんが……」

「フェンリルは固有名詞だが、神話には他にスコル、ハティ、ガルムといったオオカミやイヌが登場する。おそらく当時は巨大オオカミが種として生息していたのだろう。その中の何頭かがラグナロクを生き延び、極秘裏に巨人が飼育していたのかもしれない」

「フェンリルの赤ちゃん、かわいい」

別の部屋では、雌の巨大オオカミが四匹の子に授乳していた。アリはこの獣をひとくくりにしてフェンリルと呼ぶことに決めたらしい。

次の部屋も、その次の部屋にも巨大オオカミが単独、あるいはペアで飼育されていた。

「フェンリルいっぱい」

「いったい何頭いるのだ……」

アリは無邪気に喜んでいたが、これが市街に放されたら大惨事を招く。

驚異は巨大オオカミばかりではなかった。

「若君、ご覧ください」

次に映ったのは、細長い倉庫のような場所だった。ロボットカメラの視界に入らないほど奥行きがある。そこに、台から斜めに角度をつけて鉄のレールが並んでいることに気づき、フレイは瞠目した。

某国で使用している多連装ロケット砲の発射台に似た形状だ。

「ミサイルの発射台か」

「これだけの数を並べているところを見るとロケット弾かもしれません」

ロケット弾もミサイルも自らの推進装置で飛んでいくが、ロケット弾はミサイルとは異なり誘導装置を持たない。従って、命中精度は劣るが、安価で製造できる。巨人は命中精度など求めない。目標は人間の住む場所すべてなのだから。

画像が暗いため、天井がどうなっているのかわからないが、おそらく開閉式のルーフなのだろう。

「レールの幅と長さから推測されるロケット弾の全長は六、二五メートル、直径は〇、五二メートルとのことです」

「ビスコップが開発した同規模のミサイルの射程距離は、三〇〇〇キロだったな」

「はい。ノルウェーから発射した場合、ヨーロッパ全域を網羅できます」

「弾頭には何が使われている？　ルカは核弾頭ではないと言っていたが」

「どこかに映っていると思いますが――」

ジョン・スミスは動画の再生速度を早めて、ロケット弾の映像を捜す。

「ございました。この基地で製造しております。本体に複数の子弾を搭載するクラスター爆弾でございますね」

やがて彼は、動画の再生速度を通常に戻した。見れば、使われている機械はかなり旧式で、今ならオートメーションで行われる工程を、十数名の男女が手で作業している。

ジョン・スミスは、適宜動画を止めて拡大し、原材料を調べる。

「ポリスチレン、ベンゼン、ガソリンでございます」

「どれも、その辺で仕入れられる物ばかりではないか」

「これはナパーム――特殊油脂焼夷弾の原材料でございます。残酷で非人道的であるとの批判から、ずいぶん前に製造禁止になっております」

軍経験のあるジョン・スミスは強ばった表情でフレイを見る。

「焼夷弾《しょういだん》だと……？」

民家に降り注ぐ火の雨、夜空を焦がす大火災――。

ベトナム戦争や、第二次大戦中に使われた航空機搭載型の焼夷弾の映像はフレイも見たことがある。

「発射をコントロールする司令室があるはずだ。捜せ」

「承知いたしました」

ジョン・スミスが再び動画を早送りし、「ございました。生産ラインは旧式でしたが、管制システムは最近のものです」と、ディスプレイをフレイに向けた。

壁には、大型のディスプレイが設置され、世界地図が映し出されていた。サブディスプレイはレーダースコープの映像、デスクの上には無数の小さなモニターが置かれている。

室内には数名の男がいて、デスクや機器の間を行き来していた。

メインディスプレイに映る世界地図のアメリカ大陸、モハーヴェ砂漠付近に赤い光が点り、画面が分割されて、工場や発射台の動画が映る。

「他の基地の映像か？」

見ていると、カナダの湿地帯に光点が移り、分割画面も変わる。それぞれの基地の司令室と、独自のネットワークが組まれているのだろう。

その光点が次々と移動していく様を見て、フレイは瞠目した。

ユーラシア大陸東のロシアと中国の国境近く、スタノヴォイ山脈のふもと。中央アジア、パミール高原。南アメリカ、アンデス山脈。アフリカのザンビアの草原地帯やチャドのティベスティ高原――。しかも、それらの基地にはすべて発射台があり、中にはすでにロケット弾が設置されているところもあった。

「若君……。これだけの数の基地に、射程距離三〇〇〇キロのロケット弾が、それぞれ何十発も装備されているのであれば……」

ジョン・スミスの額には汗が浮いていた。

「ボタン一つで、同時に世界中を火の海にできる」

――夏至祭には盛大に火を焚いて、神として最期を迎えた時と同じように屠ってやる。

ルカはそう言っていた。レーヴァテインが起動しなくても、ケット弾が世界の終末をもたらす。そしてその日は、おそらく明後日の夏至祭。

「他の基地のデータと、発射時刻を探ってくれ」

フレイはジョン・スミスに命じて、基地のホストコンピューターに侵入させた。フレイが操作した方が早いのだが、今は指が動かない。

「各国に造られた基地のデータです」

計十六箇所。すべての基地が、三〇〇〇キロ圏内に大都市を抱えている。そして、配備されているのは五千から一万発の油脂焼夷弾を搭載したロケット弾だ。

「そして、発射時刻は、明後日の深夜〇時――」

夏至祭の夜だ。焚き火を囲み、豊穣《ほうじょう》を願い、魔女の人形が燃やされる。そこへ巨人たちは油脂焼夷弾を撃ち込むつもりなのだ。

「発射のシステムをクラッキング――は無理だろうな」

できるならＣＩＡがとっくにやっている。エージェントがわざわざフレイを訪れたりはしない。背筋に嫌な汗が伝うのをフレイは感じていた。

「一応試してみます」

ジョン・スミスの指が、小さなタブレットの画面の上でせわしなく動く。

「だめです。複雑に暗号化され、何重にもセキュリティがかかっておりまして……」

防ぐ方法はただ一つ、司令室を制圧し、すべての基地の発射システムを無効にするしかない。司令室まで行くことは可能だろうが、司令室内に常駐している巨人を遠ざけなければならない。

(武器を手に入れなければ……)

フレイは右手に目を落とした。折られた指は腫れて、レーヴァテインの柄を握りしめる感触すらも想像できない。

(なぜ私には、レーヴァテインに刻まれた文字が読めないのだ)

武器を失ったまま、絶望と悔恨に苛まれる悪夢の中の自分に、今の自分が重なった。


「何でオスロ警察?　あのでっかい警部はやっぱり巨人?」

ホテルから警察署へ向かうタクシーの中で、亮は隣に座るヴァルに尋ねた。

「僕は、鑑識係のヨハンが何かを知っているのではないかと」

「ヨハン?」

誰だっけ——と亮は少し考え、とても小柄な彼を思い出した。証拠品の段ボール箱に手が届かなくて梯子を出してきたので、亮が取ってやったのだ。

「彼、背が小さかったよね。巨人ってあんなに縮む?」

「巨人ではないのでしょうが、関わっていることは間違いありません。マルコが殺された部屋に落ちていた弾丸、あれに付着していた血液をビスコップの研究チームが調べたところ、人間ではないことが判明しています。けれど、鑑識の結果では人間だということでした。証拠のねつ造が可能なのは鑑識係です。それから、マルコのコテージのことを僕たちに示したのもヨハンです」

「そっか、カードキー」

言われて、亮は思い出した。

――これは殺害時にマルコのポケットに入っていたカードキーなんですがね、どこのキーか判明していないんですよ。

変な事件だ、犯人の自殺をもって捜査終了は納得できないと、亮たちをあおり、こちらが聞いてもいないのに、わざわざマルコのカードキーを見せた。

「あいつ、俺たちが、あのコテージへ行くように、仕向けたんだ」

そして、そこで小びとの地下道を発見し、亮たちはレーヴァテインを捜すために地下道へ探検に入った。亮はコリンに足止めされ、その間に、フレイはコンテナ・トラックで連れ去られた。

コンテナ・トラックは、マルコが殺された時には、すでにあの場所にしかけられていたのかもしれない。フレイを捕らえるために――。

「ヨハンは、小びとかもね。マルコも小びとだったみたいだし」

そう言ったのはイースである。

「そっか、小びと……」

亮は、トールの記憶を掘り起こす。大昔も、小びとは人間にも巨人にも味方しなかった、というより、報酬次第でどちらにも味方した。

「あの野郎――」

騙された悔しさとフレイへの心配が相まって、亮の腹の底からむらむらと怒りが湧き上がってきた。


オスロ警察を訪れた亮たちは、ヨハンを呼び出してもらうと、内密に話したいと言って無人の会議室へ案内させた。

亮は、ヨハンの胸ぐらをつかんで、壁に押しつけた。

「しらばっくれるんじゃねーよ。お前が巨人の手先だってことはわかってるんだ」

フレイを罠にはめるためにカードキーを寄こしたのだろうと詰め寄ると、彼は「何のことです？」と、しらを切った。イースが彼に幻術をかけようとしたが、その前に亮の怒りが爆発したのである。

もしも他の警官に見られたら、その場で逮捕されてもおかしくない。

「さっさと言わないと、うっかり力加減を間違えて、お前の頸を押し潰してしまうかもしれない」

グローブをはめた手をヨハンの喉に当て、亮は低い声で恫喝する。

「わわわわかりました。言います、言います。だから、その手を放してください」

亮の中に、トール神の影を見たのか、怯えるヨハンの目には涙が浮かんでいた。

「仰る通り、私は普通の人間ではありません。小びと――ドヴェルグという遠い遠い昔から続く、由緒ある一族で、マルコとは遠縁にあたり、巨人に金で雇われて、今までいろいろと便宜を図ってきました。ですが、ビスコップ卿の行方は知りません。巨人のアジトも知りません」

亮が手を放しても、ヨハンは壁に背を押しつけたまま、震えていた。

「知らないはずはない。マルコ殺害犯の証拠をねつ造したのはお前だろうが――ってか、マルコを殺したのは巨人だっていうのに、お前、自分の親戚を殺した犯人の言いなりになったのか？」

亮には、小びとの価値観がわからない。

「私は、ラグナロクで生き残る方が大事です。マルコは欲をかきすぎた……」

「あなたもマルコも、巨人がラグナロクを起こそうとしていることを知っていたのですね」

ヴァルの問いに、ヨハンはうなずいた。

「大昔から、巨人は地上の覇者になろうと、準備を進めていました……」

巨人や小びとの間では、妖精の生き残りが、日本の富士山《ふじさん》の麓《ふもと》に、トールのハンマーを隠し持っていることは知られていて、何百年も前から見張っていた。一方、小びとたちは、地下道を発掘しては、太古の遺物を集めたり、それらの複製品を造ったりしていたとのことだった。

「今年の五月、隕石が落ちて、トールのハンマーが隠されてた洞窟が崩れたとかで、決起の時が来たと巨人の王が世界中に散らばっていた同族に号令したと――いやその私は巨人の王なんて知りません。王には千里眼みたいな力があるとか、マルコがそう言っていただけで、とにかく、それを知ったマルコは、レーヴァテインをオークションに出すことにしたんです。買い手が巨人でも人間でも構わない、今なら高値で売れると……。ついでに盗まれたとでも騒いでおけば、転生しているはずの神や、巨人の王が接触してくるはず。そうすれば、レーヴァテインだけでなく、彼らに情報も売れると言っていました」

マルコは、現代のフレイ神が大富豪だと知って、巨人の組織の情報を売ろうとし、それが巨人にバレて消されたのだろうと、ヨハンは言った。

「マルコがフレイに会うことを、どうやって巨人は知ったのかしら。あのフレイに手抜かりがあるとは思えないし、マルコだって自宅から盗聴器や隠しカメラを外していたでしょ?」

イースの疑問に、ヴァルが「きっとコリンでしょう」と答える。

それを聞いて、亮は苦い気持ちで、小びとの地下道での彼との会話を思い起こす。コリンはフレイがフレイ神の生まれ変わりだとわかる前からホテルの客室係を務めていたと言っていた。

ホテルの客室はオートロックだが、客室係は、容易にマスターキーに近づける。コリンはたびたびフレイの部屋に忍び入り、マルコとの電話やジョン・スミスとの会話を立ち聞きしていたのだろう。

「そ、そうです。私に連絡してくるのも、いつもコリンで……」

亮から一刻も早く解放されたいのだろう。ヨハンは訊かれてもいないことまで喋り始めた。

「コリンは、ビスコップ卿に会いに出かけたマルコに、レーヴァテインを言い値で買うと電話をかけたそうです。マルコは、ビスコップ卿にレーヴァテインを売るつもりで、自宅に保管していたので、その電話で急遽、自宅でコリンと会うことにして、結局はコリンに……」

涙が鼻に回ったのか、ヨハンは、ずずっと鼻をすすった。

「レーヴァテインは、その時に、巨人の手にわたっていたのか」

コテージや地下道を捜しても見つからないはずだ。

「マルコの殺害犯の身代わりをさせられた人間――ハンセンを殺したのはお前か？」

亮はさらに問いただした。

「いいえ」

彼は、ぶんぶんと首を横に振る。

「しし信じてください。私はただコリンに言われた通り、証拠品を入れ替えて、ビスコップ卿がきたらカードキーを見せてコテージへ行くように仕向けただけで――。ハンセンは多分、事前に薬と催眠術とで自殺するよう暗示をかけられていたんだと思います。私は、ハンセンを殺してないし、ビスコップ卿の行方も知りません。きっと、巨人は、レーヴァテインを起動させるために連れ去ったんだと思います。ビスコップ卿が刀身の文字を唱えればレーヴァテインは起動すると、マルコは巨人にそう説明したので。でも――」

「でも――なんだ？」

「実は、その起動方法で正しいのか、マルコもよくわかっていなくて、オークション用にレプリカを作る時、いろいろ調べたようですが、今ひとつはっきりしないと言っていました」

「スルトの剣とフレイの剣について記されていた石盤――。マルコも、あれを完全には解読できなかったのですね」

とヴァル。

「それから、レーヴァテインが起動しなくても、巨人は近々、世界の主要都市を焼き払うつもりですよ。オスロやベルゲンも標的にされているので、私と家族はアラスカへ逃がしてもらう手はずになっています」

「焼き払うって、いったいどうやって」

「方法は知りませんが、コリンは、火の雨を降らすと言っていたので、焼夷弾ではないかと——」

「焼夷弾？」

「巨人は人口が少ないですし、資金だって限られています。だから、他の爆弾に比べて材料の調達が簡単で、安価で大量生産できる焼夷弾だと思っただけで——。きわめて高温で広範囲にわたって焼尽し、材料がガソリンなので水では消火できません。特殊焼夷弾用燃焼剤の場合、十分以上も燃え続け、その上、酸素を大量に消費するので、着弾地点から離れていても酸欠や一酸化炭素中毒を起こすことがあります。爆撃機による投下じゃないと思います。飛行機を飛ばすのはお金がかかるし、すぐにスクランブルをかけられてしまいますからね。ミサイルか何かを使うのではないでしょうか」

助かりたい一心なのだろう、ヨハンは鑑識官としての知識を駆使し、一気にまくしたてた。

「そっか。ＣＩＡのエージェントが言っていた正体不明の軍事施設。ノルウェーは未確認って言ってたっけ。フレイは、そこにいるかもしれない」

「物流を追えば、ある程度、場所を絞れますよ。ここまで打ち明けたんですから、どうか見逃してください」

追従《ついじゅう》笑いを浮かべるヨハンに背を向け、亮は、スマホで情報部に電話をかけながら、ヴァルとイースとともに、小走りに警察署を出た。

「コマンダーが到着なさった」

翌朝、フレイたちのいる檻の部屋へ来たのはルカともう一人、年かさの巨人だった。

「用があるのはフレイだが、まずはアリ、お前だ。出てこい」

ルカは、アリに檻から出てくるようにうながした。

「アリは関係ないだろう。私だけ連れて行け」

フレイの声を無視し、彼は強引にアリを連れだすと、持参していた粘着テープで上半身を幾重にも巻く。

フレイと一緒にジョン・スミスも立ち上がると、「おっさんはいい」と、手で制した。

「妙な真似をすれば、ガキがどうなるかわかってるだろうな」

彼は、フレイの手首を粘着テープで巻いた。もとより、暴れたり逃げたりするつもりはない。脱出するのは、コマンダーの正体を突き止め、レーヴァテインを奪い返してからだ。自分がなぜレーヴァテインを起動できないのか、理由も突き止めたい。

不安げなジョン・スミスを残し、フレイとアリは廊下に出される。

連れて行かれた部屋は、病院の手術室に似ていた。天井には無影灯、床の中央には、幅の狭いベッドが据えられ、キャスター付きの台には、いくつものモニターが載っている。ステンレスのトレイの上に、メスやピンセットや鉗子、注射器などもあった。

しかし、手術室ではない。ガラスの扉がついた棚の中には、様々な薬品の瓶が並び、試験管やフラスコ、ビーカーなどの実験器具も備えられている。人体実験、もしくは解剖を行う部屋かもしれない。

「そこへ寝ろ」

ルカに小突かれ、フレイはベッドに横たわった。手首のテープは外されたが、代わりに足首と胸を幅広のベルトで拘束される。

(薬物を使って刀身の文字を読ませるつもりか)

オフィサーには、レーヴァテインが偽物か、もしくはマルコの話が嘘だと言っておいたが、コマンダーは、フレイがレーヴァテインを起動できると信じているらしい。

やがてドアが開き、オフィサーが一人の男を導き入れる。

悠然と姿を現した男を見て、フレイは眉を跳ね上げた。

「あなたがコマンダーでしたか」

「また会えて嬉しいよ。ビスコップ卿」

サンドフェラー財団の総帥、デイヴィッド・サンドフェラーの相談役、ピート・ヘイワードはそう言って営業用の笑みを浮かべた。

「あまり驚いてくれないようだね。少し残念だ」

「そうでもありません。割と驚いていますよ。ビスコップの影響が及ばない組織の一つにサンドフェラーがあり、警戒はしていました。それに、あなたの立場なら各国の政財界にかなりの無理が言えますし、資金の捻出も容易です。コマンダーとしては適任でしょう。だが、デイヴィッドが、人外のものを側近にするほど迂闊だとは思っていなかったのですよ」

「デイヴィッドは、この世に人間以外のヒトがいるなどと、考えたこともなくてね。金儲けが上手《うま》ければ、出自を問わず登用するのだよ。家柄や血筋にこだわるビスコップと違って」

ピートの声音には、サンドフェラー、ビスコップ双方への侮蔑がこめられていた。

「トールのハンマーに関わって、自衛隊の出動を差し止めたり、富士吉畑《ふじよしはた》警察署の署長を動かしたりしたのは、あなただったのですね」

「まあ、そうだな。私が日本のとある大企業の会長――もちろん彼は人間だが――彼に連絡し、そこから代議士に連絡が行き、次々と指令が伝わっていった」

言いながら、ピートはトレイに用意されていた注射器を手に取った。続いて、同じトレイに載っていた薬瓶の液体を、注射器に吸い込ませる。その間に、オフィサーがフレイの上着の袖をまくった。

「君が、古代の文字を読めないのは、過去世の記憶がないからだろうと思ってね」

彼は、押子《プランジャ》を押して、液体を少し出し、シリンジから空気を抜いた。

「この薬は、現代の小びとが作った向精神薬で、ある種の精神疾患に大変よく効くが、副作用が激しく、残念ながら商品化はできなかった。だが、フレイ神なら死ぬことはないだろう」

オフィサーがフレイの腕を押さえ、浮き出てきた静脈に、ピートが注射針を近づける。

ちくりと、針がささる感触がした。間もなくドンと体が沈むような感覚に陥り、視界が暗くなる。

「この薬と催眠術とで、君の潜在意識に働きかけ、神であった時の記憶を取り戻してあげよう」

闇と静寂の中、ピートの声だけが、頭の奥で響いていた。

四章

晴れ渡った空を映して、海は穏やかな青い色をしていた。

船体が波をかき分け、白いしぶきを上げる。

チェーンメイルとマントを身につけたフレイは、船首に立ち、黄金に輝く髪を風になぶられるまま、水平線を見つめていた。

彼方には砲身を備えた巨大な軍艦の船影。それが何隻も連なり、じっとこちら側を窺っている。

巨人の艦隊である。

攻めてはこない。ただ、自分たちの存在を主張しているのである。この海域は、人間の国ミズガルズと、巨人の国ヨトゥンへイムとのちょうど等距離にあり、海洋資源が豊富なことで、何百年も前から、領海権を争ってきた。

今回は、ミズガルズの漁師たちが、巨人の軍艦が航行していて漁に出られないとオーディンに訴え、巨人たちを追い払うよう、フレイが使わされたのである。

「船を止めろ！　碇を降ろせ！」

フレイは船員たちに命じ、細身の剣を抜くと、それを高く掲げた。

唇から紡がれる呪文が、剣に力を与える。

剣が手から離れ、天へ向かって上って行った。遙かな上空で刀身がきらめく。

海水温が上がり、上昇気流に乗って、水蒸気が巻き上がる。温度差で巨人の船影が陽炎《かげろう》のごとく揺らめいた。

青かった空にたちまち黒雲が湧いた。風向きが変わり、夕暮れのごとく辺りが薄暗くなる。

雲間に稲妻が走った。

突風が巨人たちの船を襲ったのは次の瞬間だった。海面がうねり、豪雨と強風が軍艦をもむ。雷が落ち、船体から煙が上がった。

巨人の艦隊が次第に遠ざかっていく。それらが視界からすっかり消えた後、フレイは剣を呼び戻す呪文を唱えた。剣は、天から一直線に降ってきた。まるで糸で引いているかのごとく、柄がフレイの手に収まる。

天候を操り、富と豊穣《ほうじょう》をもたらす、フレイの魔剣。ふさわしい者が持てば、手から離れていても、敵を倒す。

（そう……。これが、私の剣……）

フレイは、美しい装飾が施された剣の柄を握りしめる。

氷河に浸食された峡湾をくぐり抜け、港へ戻ると、トールが待っていた。

「首尾は？」

陽気な赤毛の偉丈夫、最強の戦士、そしてアース神族の王、オーディンの息子。

彼の周囲を、妖精のイースが、せわしなく舞っている。

「命令通り、追い払っただけだ」

フレイは、軽く笑って、桟橋へ降りるとトールの方へ歩んで行った。

実は、出会ったばかりの頃、フレイはトールがあまり好きではなかった。

フレイは、もとはヴァン神族と呼ばれたヴァナヘイムの貴族の子息で、アース神族とヴァン神族との戦争終結後、和平を保つための人質としてアースガルズに送られた。故国を離れ、鬱屈《うっくつ》としていたフレイに、彼は興味津々といった様子で、つきまとってきたのだ。

暑苦しいことこの上ない男だと思っていたが、彼なりにフレイを気遣ってくれたのだと後になって知った。今では大切な友人の一人だ。

そこへ、馬を駆ってやってきたのはヴァルキュリアのエリー。

「フレイ様が海へ出たと聞いて――。ご無事でしたか」

戦で死んだ者を祀るヴァルキュリアは大勢いて、みなオーディンの宮殿にいるが、彼女だけはしばしば地上に降りてきた。

「などと心配したふりをして、実はフレイの戦勝祝いに交じり来たのだろう」

トールは野太い声で笑い、「バレましたか」と、エリーが肩をすくめる。

「あんた、仕事中でしょ？　昼間っから飲みに行っていいの？」

そんな彼女に、妖精のイースが突っかかる。

「いいではないか。大勢の方が楽しいだろう」

フレイは微笑んだ。

巨人の脅威はあったものの、気の置けない友人たちとの日々は穏やかに過ぎ、いつしかフレイは、かつての敵国であるミズガルズと、その首都であり神々の住むアースガルズを愛し、護りたいと思うようになっていた。

天候不順が続いた。人間の国ミズガルズでは旱《ひでり》で作物が枯れ、霜と氷に覆われた巨人の国ヨトゥンヘイムでは、氷河が崩れたり雪解け水が街に流れ込んだりした。

年間の平均気温が、毎年のように上昇していった。

ミズガルズは、フレイが雨を降らせて旱をしのいだが、ヨトゥンヘイムは深刻な食糧不足に見舞われ、両国の緊張は高まる一方だった。

剣を失ったのは、そんな時だった。

酷使した剣を点検修理してもらおうと、フレイは剣の製作者である小びとに預けた。ところが、深夜、その小びとの住処《すみか》が襲われた。報《しら》せを聞いて駆けつけてみれば、小びとは殺され、剣がなくなっていた。手を尽くして捜したが、剣は見つからず、製作者が死んだので、同じものを作ることもできなかった。

気温の上昇が止まったと思ったら、今度はひどい冷害に見舞われた。空はいっこうに晴れず、火を焚かなければならない夏が三回巡った。

大いなる冬《フィンブルの》、神々の運命《ラグナロク》の前兆――。

けれど、フレイには、もう天候を操るすべがなかった。

そして、天の星々が落ちた。アースガルズの予言者は、かねてより世界の終焉を告げていたが、とうとう、その日がやってきたのだ。

巨人との戦争が始まった。最強の神、トールはめざましい活躍をみせたが、仲間を失ううちに、陽気だった彼から笑みが消えていった。

巨人は世界を取り巻くほどの巨大な蛇、ヨルムンガンドを造った。ヨルムンガンドは、巨人の最終兵器の一つだった。

大地が揺れ、森の木々は根こそぎ倒れた。やがてヨルムンガンドが地上に這い上がってきた。

フレイは退くように勧めたが、トールはヨルムンガンドを止めると言ってきかなかった。壮絶な戦いの末、トールはヨルムンガンドを倒したが、蛇の吐いた毒で彼も死んだ。

イースは泣いてトールに取りすがり、ヴァルキュリアのエリーは蘇生術を施したが、トールは生き返らなかった。

最強の神トールの死が、巨人の軍勢に勢いをつけた。巨人たちは躊躇《ちゅうちょ》なく大量破壊兵器を使用した。山を崩し、谷を埋め、海を汚していく。栄華を誇ったミズガルズの文明は破壊されていった。

エリーが巨人の手にかかって死んだ。

オーディンも、他の神々も、みんな死んだ。

神と呼ばれた能力者は全滅し、残ったのはフレイと、わずかな手勢――人間の戦士だけだった。

(許さない)

怒りと憎しみが募る。

街に火がかけられた。報告では、炎の巨人の軍勢がアースガルズを攻略し、ミズガルズに火を放ったという。

「お前たちは行け！　海を渡り、巨人の手の届かない場所まで逃げるんだ！」

フレイは、生き残った部下と民とを、自分の軍船に乗せて外洋へ逃がし、巨人に彼らを追わせまいとして、一人、戦場へ戻った。

辺りは火の海、炎が夜空を焦がす。

熱で肌が痛み、ひどく息苦しかった。

彼方では、都の象徴、ユグドラシルと呼ばれた超高層建築物が燃え、小爆発が起きるたびに、その偉容を崩していた。

フレイの目の前で、世界が滅んでいった。

（私が、剣を失ったから……）

心をえぐられるほどの絶望と後悔。あの剣さえあれば、大いなる冬は来なかった。巨人に攻め込まれることもなく、トールやエリーが死ぬこともなかったのだ。

やがて、炎の中から巨人が現れた。彼はスルトと名乗った。

「スルト……」

名に聞き覚えがあった。炎は彼の剣から生まれている。

（あの剣は――）

剣を注視し、フレイは愕然とした。以前に失った剣と寸分違わない。

（レーヴァテインか！）

――そうだ。お前の剣だろう。

突然、フレイの頭の中で大音声が鳴り響いた。聞き覚えのある声。けれど、スルトではない。

（誰だ？　ピート？）

炎に巻かれ、死んでいく自分と、ピートの声をいぶかる自分との意識が乖離《かいり》していく。

（私は、夢を見ているのか？）

――刀身の文字を読め。

再び声がして、炎の中に、錆《さ》びた刀身と、それに刻まれた小さな文字が浮かび上がった。

何か違和感があった。

――読むんだ。読まなければアリを殺す。

（ああ、そうだ……）

フレイは違和感の正体に気づき、剣を起動する呪文を唱えた。読む必要はなかった。自分の剣に刻まれた文は憶えている。

頭の隅に、フレイの声に呼応して、鳴動する剣が思い浮かんだ。しかし、眼前の剣は錆びついたまま動かない。

――もう一度。

言われるまま、繰り返し呪文を唱えた。

――薬を増やせ。

そんな声も聞こえた。

――ですが、致死量を……。

――構わん。これでレーヴァテインが起動しないのであれば、この男に用はない。夏至祭の焚き火にくべて、世界の終末を見せてやろう。

(夏至祭に、世界が終わる……炎を消さなければ……)

一万年前の自分と、今の自分とが交錯する中、フレイの意識は次第に濁り、やがて深い闇に沈んでいった。


その頃――。

基地を巡回していた一人の巨人が、倉庫を通りかかり、微かな金属音を耳にした。教会の鐘の音に似た澄んだ音だ。

「誰かいるのか?」

彼は、倉庫の扉を開け、中を確認したが、生き物の気配はない。保管されているのは、小びとの地下道から運び出された遺物のうち、破損がひどかったり、人間用であったりしたため、使えないと判断されたがらくたである。欲しがる者がいるはずもない。

いつの間にか、音がしなくなっていた。

巨人は「気のせいだったか」とつぶやき、扉を閉めると、巡回を再開した。

「ここは……」

折られた指や、鞭で打たれた傷の痛みが蘇り、フレイは目を開けた。明かりの消えた無影灯が視界に飛び込む。

（そうだ……巨人の基地の、研究室……）

徐々に覚醒し、フレイは自分が置かれた状況を思い出した。首を巡らし、辺りをうかがう。周囲に巨人の気配はなく、アリの姿もない。

壁に掛けられたデジタル時計が午後一時を示していた。ロケット弾の発射まであと三十五時間だ。

今までは、レーヴァテインを手に入れるための機会をうかがっていたが、レーヴァテインはフレイの声では起動しない。過去世の記憶が戻った今、それは断言できる。コマンダーの正体もわかった。

ここに留まっている理由はもうない。脱出し、発射を阻止しなければならない。

フレイは、胸回りと足に巻かれたベルトに意識を集中した。フレイ神であった頃は物に直接触れなくても動かすことができた。今で言うテレキネシスやサイコキネシスと呼ばれる力だ。しかし、今はその力はない。

過去世の記憶は蘇ったが、当時の能力が戻ったわけではないのだ。

ピートに注射された薬の効果が完全に切れていないのか、ひどくだるい。

幸い、注射をする都合か、右腕だけは拘束を免れていた。指には、ジョン・スミスが骨折箇所を固定するためのピンが添えられ、フィルムで固定されている。その手を口元まで持っていき、フレイはフィルムを歯で噛んで剝がした。

右手の指からすべてピンを取り除き、ゆっくりと動かす。折れた指に激痛が走り、フレイは顔をしかめた。指は腫れていっこうに力が入らなかったが、それでも辛《かろ》うじて胸に巻かれたベルトの金具を外すことができた。身を起こし、左手のフィルムも剝がして、足のベルトも解く。

たったそれだけの行為で息があがった。

ベッドを降りようとしてバランスを崩し、床に倒れ込む。体に力が入らない上に、平衡感覚までが異常をきたしている。

予想以上に自分の体はダメージを受けているらしい。

床とモニターの台に手をつき、ふらつく足を踏みしめて、フレイは立ち上がった。通路へ出るドアが歪んで見える。つかまり歩きしながら、何とかそのドアまでたどり着き、耳を澄ませながらドアを開けた。幸い巨人の姿はない。

壁にもたれるようにして通路を歩く。何台かの監視カメラがフレイの姿をとらえたはずだが、巨人が気づいた様子はない。

檻の部屋のドアを開けると、ジョン・スミスが跳ねるように立ち上がった。

「よくご無事で……」

「監視カメラを一時間前の映像に戻してくれ。アリは？」

フレイは、パネルのキーを押しながら尋ねた。鉄格子のロックを解除する番号は最初にここへ入れられた時に憶えておいた。

「存じません。若君と一緒に連れて行かれたきり、戻ってきておりません」

タブレットで監視カメラの細工を終えたジョン・スミスが、開いた鉄格子の扉から飛び出す。

「ロボットカメラのバッテリーの残量は？」

「ごくわずかです。データを送信するぐらいはできますが」

「ならば、お前は、トラック搬入口へ行き、隙を見てロボットカメラを外へ出してくれ。私は、司令室へ行って、ロケット弾発射を阻止する」

「お言葉ですが、若君、そのお体では、一人で歩くのも難儀でございましょう。どうかお供させてください。幸い、搬入口と司令室は方向が同じ。時間の無駄もそれほどではありません」

ジョン・スミスはフレイの返事も聞かず、肩にフレイの腕を回して早足で歩き始めた。

基地の規模の大きさに比べ、人数が少なかったことと、ちょうど昼時だったためか、巨人と出くわすこともなく、トラックの搬入口へ出る扉までたどり着いた。扉は虹彩認証システムによってロックされていたが、ジョン・スミスは小型タブレットのディスプレイに触れ、オフィサーの目のデータを呼び出す。一昨日、オフィサーが檻の部屋を訪ねて来た時に隠し撮りした画像を、データに変換しておいたのである。そのデータを直接スキャナーに取り込ませる。巨大なドアが音もなく開いた。外部へ通じるハッチも同じ方法で開ける。

まぶしい光が差し込み、見ればハッチの向こうはブナの原生林だった。振り返ってみれば、基地はなだらかな丘を掘った中に建てられているらしい。

「電波が届くといいのですが」

ジョン・スミスは、肩からフレイを下ろすと、ロボット・カメラを出し、ブナの枝に投げ上げた。

「若君、せっかく外へ出たのですから、このまま逃げましょう。タブレットからも位置情報が送れますから、迎えの者と途中で落ち合えます。プログラムの変更は、情報部のエンジニアにクラッキングさせれば――」

「アリを助けにいく」

フレイは、ジョン・スミスの言葉を遮った。

「そもそもクラッキングできるならＣＩＡがとっくにやっている。それに、私たちの逃亡が知られれば、ロケット弾の発射時刻が早まる可能性がある。応援の到着を待っていては間に合わない」

荒い息をつきながら、基地の中へ戻ろうとすると、その前にジョン・スミスが立ちはだかる。

「ですが、若君、武器もございませんし、そのお体で巨人を退けて司令室へおいでになるのは……。わたくしがプログラムを変更し、アリ様を捜します」

「お前を死地へ送り出せない。私が行く。お前は、森を抜けて亮たちを待て」

フレイはジョン・スミスを見据える。

その目に揺るぎない決意を見て取り、ジョン・スミスは、「ならば、わたくしも」と再びフレイの腕を肩に回した。

「亮たちを待てと言っただろうが」

基地に戻れば、生きて帰れる保証はない。

「若君と共にあることが、わたくしの誇りでございます」

ジョン・スミスは、そう言って微笑んだ。


「この単語は、海っていう意味じゃないかな。綴りが似ているし」

「では、この一文は、海の王子が選ばれた、という訳になりますね」

その頃、焼夷弾《しょういだん》の原材料の輸送に関する調査を情報部に任せ、亮《とおる》とイースとヴァルは、オスロのホテルで、石盤を撮影した写真を広げて解読していた。ヴァルがスルトの剣とフレイの剣について記されたその石盤をどうしても解読したいと言ったからである。

「海の王子ってフレイのことだよね」

フレイの出身地ヴァナヘイムは領内に長い海岸線を擁し、フレイの父でありヴァン神族の貴族であるニョルズは漁師や海運業を営む者たちの守り神でもあった。そのため、当時の小びとたちはしばしばフレイを海の王子と呼んでいたのである。

「通して読んでみます。その剣は、巨人を倒すことができるばかりでなく、風を吹かせ、雲を作り、雨を降らせる。操るにふさわしい者として、海の王子が選ばれた——」

ヴァルの声を聞きながら、亮は（ああ、そうだ……）と、当時のフレイを思い出す。

人質としてアースガルズにやって来たにもかかわらず、あっという間に民の信仰を集め、最も信頼されたヴァン神族の美しい貴公子。

美麗な姿もさることながら、賢さや神族としての能力、そして勇敢さに、トールも魅了された。

あの剣を持ったフレイと戦ったことはないが、おそらく、トールでも適わなかっただろう。

（オーディンに、美しさと賢さを愛でられて、妖精の国を所領として与えられて……）

フレイの剣は天候を操り、豊かな実りをもたらすことから、子孫の繁栄に結びつけられ、民は結婚や出産などの慶事には、こぞってフレイの祝福を受けたがった。

白夜、沈まない太陽の下で、日の光にも負けない輝きを放つ剣を手にしたフレイが、呪文を紡ぐ。

その前に、頭《こうべ》を垂れる新郎新婦、あるいは赤子を抱いた母。

「見てるだけで、幸せな気分になれた……」

その後、剣を失って沈むフレイの姿が、微《かす》かな胸の痛みとともに蘇る。

「亮！　何をたそがれてるの。そんな場合じゃないでしょ。ちゃんと聞いてた？　フレイの剣とスルトの剣は別ものだったのよ！」

イースに怒鳴られ、現実に立ち返った亮は「そうなのか!?」と、石盤の写真に目を戻した。

「もう一度読みますね。海の王子が、九つの呪文を唱えることで九つの光を得て、力を発揮するよう術がかけられる。九つの光は、破滅の炎を凌駕《りょうが》するであろう」

ヴァルの朗読を聞いて、亮は、ヴァルやイースと顔を見合わせた。

「確か、レーヴァは破滅、テインは枝とか杖って意味だよな……。破滅の枝《レーヴァテイン》が豊穣神フレイの剣って変だとは思ったんだ。けど、スルトが持てば破滅をもたらすんだなって勝手に解釈してて。じゃ、九つの力は、破滅の炎を凌駕って——フレイの剣はレーヴァテインの炎を消せるって意味？　つまり、フレイの剣は、レーヴァテインじゃない⁉」

「だから、そう言ったでしょ！」

「こちらの石盤の文をつなぐと、フレイの剣は、レーヴァテインの炎を消すために作られたことになります。フレイの剣が天候を操れるのは、その副産物というべき機能だったみたいですよ」

ヴァルが違う写真を指さした。

「じゃあ、フレイの剣は今どこに？」

「——確か、この辺りに、剣を発掘したときの覚え書きが」

ヴァルが、重なった紙の束から、小びとの地下道で発見したマルコのメモを引っ張り出す。

その覚え書きによると、マルコは、かつての小びとたちの住処で、見分けがつかないほどよく似た二振りの剣を発見したらしい。

「彼は、その二振りの剣のどちらがスルトの剣でどちらがフレイの剣かわからないまま、取りあえず一本の剣のレプリカを造り、レーヴァテインとしてネットで公開したそうです」

メモによると、巨人の問い合わせに対しては、レーヴァテインは、フレイの剣であり、後にスルトにわたり世界を焼き尽した剣であると答え、フレイが刀身の文字を読むことで起動すると説明したらしい。メモには、巨人と神の生まれ変わりたちの戦争が勃発したら、戦況を見て、もう一振りの剣をどちらかに売りつけるつもりだったことも記されていた。

「なんて欲張りなの。だから殺されちゃうのよ」

「もう一振りの剣、自宅にも店にも、コテージにも地下道にもなかったよな。巨人が持って行ったんだろうか」

「じゃあ、レーヴァテインはどうやって起動するのかしら？　誰も起動できなきゃ、それにこしたことはないいんだけど」

「それは石盤の方に——予言者の言葉があります」

と、ヴァルは再び石盤の写真を手に取る。

「——破滅の枝つまりレーヴァテインは、神であり巨人でもあり、男でも女でもある者の血によって目覚める。来たるべきラグナロクに、その者がどちらに味方するかで、次世代の覇者は決まる」

「神で巨人で男で女って……」

亮にも、イースにもヴァルにも、思い当たる人物がいた。

「ロキ……」

オーディンと義兄弟の杯を交わした半陰陽の美しい巨人。

巨人の体と、超能力を持ちながら、ロキの心は、幼子のように純粋で、弱かった。

——私は、神に等しい能力を持っている。けれど、どれほどの力を持っていようと、私は神にはなれない。

——受け入れてほしいと……愛されたいと願ってはいけないのだろうか。

太古のラグナロクでは、最終的に、彼は巨人に味方した。理由について、いろいろな噂が飛び交ったが、真相は不明だ。

「巨人の中に、ロキの生まれ変わりがいなけりゃいいけど」

イースは不安そうだった。

「神話では、レーヴァテインはロキによって鍛えられ、レーギャルンという箱に収められて、箱を開けるためには、九つの鍵が必要ということになっています。長い年月の間に、フレイの剣とレーヴァテインの伝承が交じったのでしょうね」

ヴァルは、マルコのメモや石盤の写真を片付けながら浅いため息をつく。

亮の翻訳機兼通信機の呼び出し音が鳴ったのは、それから間もなくだった。発信者は対巨人情報部隊のチーフだ。

『若君の居場所が判明いたしました！』


「なぜ、レーヴァテインは起動しない」

基地内の自室で、ピートは錆びついたままの刀身に目を落とす。

フレイに投与した薬の効き目は申し分なかった。モニターにも、フレイが潜在意識に埋もれていた前世の記憶を呼び覚ましていることを示すデータが示された。

実際、彼は、遠い昔に失われた言語をつぶやいていた。すべては聞き取れなかったが、先祖から言い伝えられている単語がいくつか登場した。

　剣を起動するための呪文も正しかったはずだ。催眠状態にあって、わざと嘘の呪文を唱えることはできない。

　なのに、なぜ――。

『コマンダー！　フレイが研究室から姿を消しました。秘書兼護衛もおりません！』

　緊急事態専用のインターホンから突然の報告があり、ピートは顔を上げた。

「ばかな。フレイには少なくともあと十二時間は眠っているだけの薬を打った。動けるはずはない」

　秘書兼護衛が檻を抜け出し、フレイを助けたのだろうか。しかし、檻の中からでは鉄格子のロックは解除できない。

『ですが、研究室のベッド脇に医療用保護フィルムとピンが落ちていました。フレイの手に巻かれていた物です。申し訳ありません。監視カメラがいつの間にか乗っ取られていて、気づくのが遅くなり』

　予定よりもフレイが早く目覚め、自力で脱出したらしい。

「神の生まれ変わりは体のつくりも人間とは異なるか。捜し出せ。まだ基地内のどこかにいるはずだ」

『なお、ホテル・ビスコップのヘリポートからタンデム・ローター式ヘリコプターが飛び立ったと、オスロ警察のヨハンから連絡がありました。現在こちらに向かって航行中です』

「何だと――」

　フレイが、この場所を知らせたのだろうか。人間の兵など恐るるに足りんが、トールは歓迎できない。ロケット弾発射までは基地を破壊されたくない。

「到着までおよそ一時間か」

ピートは時計に視線を走らせた。

「計画変更だ。他地区の基地に、現在時刻から一時間三〇分後にロケット弾を発射する連絡しろ」

『い、一時間三〇分後ですか？　それまでに全弾発射台に載せろと？』

「そうだ。それから撤退準備も調えておけ。フレイを捜す必要はない。この基地は、ロケット弾発射の後、爆破する」

フレイとトールもろともに――とつけ加え、ピートは片頬をつり上げて笑った。


『繰り返す。ロケット弾発射を本日一六二三〇〇時に変更。ただちに準備せよ。その後基地を爆破する。繰り返す――』

施設内にアナウンスが響き渡り、巨人たちが、にわかに色めき立った。発射台へ走る途中で服を脱ぎ捨て、本性の巨大な姿へと変身する。五メートルの巨人たちは、自分の身長と同じぐらいのロケット弾を、手でつかみ、次々と発射台に設置していった。すさまじい膂力《りょりょく》を持つ彼らに、クレーンは必要ない。

その様子を、フレイとジョン・スミスは焼夷弾製造現場内のタンクの陰で見ていた。

「発射時刻が早まったのは予想通りですが、自爆とは――」

「時間的に、ロボットカメラの情報を受信した対巨人戦闘部隊が亮を連れてこちらへ向かっているはずだ。ピートはそれを察知し、亮を自爆に巻き込むつもりではないか」

「わたくしたちを捜索するようアナウンスされませんね」

「レーヴァテインを起動できなかった私に用はない。この基地内に留まっていれば、爆発に巻き込まれ、たとえ逃げてもロケット弾に搭載された焼夷弾で焼かれるのだから」

「はっきり申し上げますが、絶体絶命でございます。いかがいたしましょう」

「幸いなことが二つ。一つは、巨人は発射準備で慌ただしくなり、私たちから注意がそれる。もう一つは、亮が来れば、彼に巨人の相手をしてもらえる。その隙にプログラムを書き換えられる」

「亮様の到着からロケット弾の発射時刻まで、さほど時間的な余裕がないように計算して、ピートは時間設定したのだと思われますが。アリ様を人質にされる可能性もございますし」

「それでもやるしかない」

世界が滅んだあの日を繰り返させるわけにはいかない。

「行くぞ」

フレイは、タンクの陰から立ち上がった。


ほぼ同時刻、アナウンスを聞いて愕然としている者がいた。

「基地を爆破……」

人間の姿で、特殊焼夷弾用燃焼剤を子弾の筒に詰めていたコリンである。

「フレイとトールを基地内に閉じ込め、爆破するらしい」

他の巨人がそう言っている声を聞き、さらに驚く。今、こうして人間を殺すための道具を作っていることが辛くてたまらなかったところへ、フレイや亮の殺害計画を聞いてさらにその気持ちが募る。

（こんなこと嫌だ……）

殺せないと、仲間とコリンとの間で葛藤していた純朴な高校生。

（一緒に囚われた少年も巻き添えにされるのか）

フレイとジョン・スミスの脱走は耳にしたが、アリが逃げたという話は聞いていない。どこかに捕らわれたままなのだろうか。

彼のたどたどしい口調をコリンは思い出す。身寄りがなく、ストリートチルドレンをやっていたこともあると言っていた。

（私のせいだ……。まだ子どもなのに）

たまらず、コリンは持っていた道具を置き、作業場を飛び出した。フレイやアリが捕らわれたのは自分が亮を地下道に留まらせていたからだ。アリは神の生まれ変わりでも戦闘員でもない。せめて彼は逃がしてやりたい。

コリンは、まずフレイたちが囚われていたという檻へ行ってみた。しかし、彼の姿はない。

「フレイと一緒に来た少年を見なかったか？」

次に、武器庫へ行き、撤退のための荷造りをしていた巨人に尋ねる。

「見てねえよ。あの子どもも逃げたのか？」

彼は、アリが脱走し、それをコリンが捜していると勘違いしてくれたようだ。

「そうらしい。私も詳しいことは知らないけど」

コリンは適当にごまかし、武器庫を出ると、行き交う巨人たちにアリの行方を尋ねて歩く。すると、オフィサーがアリを連れていたのを昼過ぎに見たという者があった。

オフィサーの私室へ行き、ドアに耳をつけて中の様子をうかがう。司令室にでも行っているのか、彼の気配はなかった。虹彩認証装置の前に立ち、ドアのロックを解除する。ホテルの客室係であるコリンは、ここでも幹部の私室のメンテナンスをしていて、その都合でデータが登録されていた。

中へ入ると、上半身を粘着テープで巻かれ、ロープでベッドの足につながれているアリの姿が目に入る。彼は、こちらに気づくと怯えた表情で後ずさった。

「心配しないで。助けに来た」

コリンは、人差し指を手に当て、大声を出さないように合図し、アリを拘束している粘着テープを剝がし、ロープを解く。

「何で？　コリンは巨人」

「アナウンス、聞いただろう？　君まで死ぬことはない」

コリンはアリを連れて、部屋を出た。左右を見回し、付近に誰もいないことを確かめると、彼の手を引き、資材搬入口へ向かって走る。外へ出るにはそこが一番近い。

「待って、フレイとジョン・スミスは？」

「あの二人が、今、どこにいるのかわからないんだ。とにかく君だけでも外へ」

と、通路の角を曲がろうとし、そこで資材搬入口付近に、見張りが数名立っていることに気づいた。

コリンは慌てて立ち止まり、アリの手を引き戻す。

「ここからは出られない。厨房の裏から出よう」

戻ろうと振り返り、コリンは息をのんだ。そこに、別の巨人が本来の姿で待ち構えていたからだ。

「人間のガキを連れて、どこへ行くつもりだ？」

彼は、そう言ってコリンとアリを両手でつかんだ。


コリンとアリは、ピートの私室へ連れて行かれ、彼の前に引き据えられた。

「裏切り者がどうなるか、知らないわけではあるまい」

レーヴァテインを突きつけ、コリンを見下ろすピートの目は、ただ冷たいばかりで、何の感情も表していない。それが却ってひどく恐ろしく感じられ、コリンは彼の視線から逃れるようにうつむいた。

縛られてもいないのに、体が強ばってしまって動かせない。

「こ、子どもを逃がしてやってください……。父と母は処罰しないでください……お願いです」

辛うじて絞り出した声は、かすれて震えていた。

「そうはいかない。人間の子はもちろん、お前も、お前の両親も処刑する。それが掟だ。許してしまっては他の者に示しがつかない」

ピートが、レーヴァテインを握り直した。

「ちょうどいい。このレーヴァテインは、まだ本来の力を発揮できていないが、それでも巨人を殺せるかどうか試してみよう」

彼は、錆びた剣の先端を、コリンの胸に当てた。

「ひ――」

恐怖で、まぶたを閉じることも視線をそらすこともできない。

ずぶりと刃が胸に埋まった。心臓を貫かれたかもしれないと、そんな気がした。

「錆びている割にはいい切れ味だ」

ピートが、そう言いながら剣を抜く。開いた穴から大量の血がこぼれた。

熱い痛みは後からやってきた。痛みは尋常ではなく、細胞が再生する感覚がない。

(この傷は治らない……)

巨人の本能が、そう告げていた。自分の血の上に、コリンはゆっくりと倒れ伏す。

視界の隅に、今、まさにレーヴァテインに胸を刺し貫かれようとしているアリの姿が映った。甲高い悲鳴が、コリンの耳を打つ。

(ごめんな……)

涙がこぼれた。

思った通り、細身の剣が開けた穴はふさがらず、血も止まらなかった。周囲の景色に闇が降り、床に伏す少年の姿が、暗くかすんで見えた。

「見せしめだ。死体はホールにでも転がしておけ」

言いながら、ピートはレーヴァテインを振って、刀身についた血を払った。ふいに握った柄に鼓動を感じ、剣に目を落とす。錆びた刀身がなぜか明滅していた。

「なんだ？」

ピートは剣を掲げた。刀身が光るたびに錆《さび》が落ち、明るさを増していく。他の巨人も瞠目して、レーヴァテインを見守っている。

「そうか……そうだったのか」

こみ上げてくる笑いを、ピートは抑えることができなかった。

明滅が止んだ時、伝説の最終兵器、レーヴァテインの刀身は、灼けた鉄の色に輝き、巨人でさえも触れることが叶わぬほどの熱を放っていた。

配下の巨人たちは唖然とする中で、一人ピートは身を反らして哄笑した。

『目標地点までおよそ二キロ。着陸します』

輸送ヘリのパイロットの英語に重なって、イヤホンからコンピュータボイスの日本語訳が聞こえ、亮《とおる》は時計に目を走らせた。時刻は、午後三時五十分。

フレイから基地内の映像と、世界各地の基地から特殊油脂焼夷弾用燃焼剤を搭載したロケット弾が発射されるという趣旨のメッセージが届き、フレイの救出とロケット弾発射を阻止するため、オスロに待機していた対巨人戦闘部隊が出動することになった。フレイが巨人との戦いを想定して組織し、訓練された精鋭部隊である。

二十名の戦闘員で構成されたその部隊に、亮とヴァル、イース、そしてフレイの秘書兼護衛すなわちジョン・スミス十八名も便乗したのである。

降下するヘリコプターの中で、それぞれ迷彩色の上着のファスナーを閉めたり、ゴーグルをかけたり、酸素ボンベを背負ったり、ヘルメットをかぶったりと、準備を始める。

輸送ヘリが、その巨体を湖畔の砂地に降ろした。付近に人家はなく、大型ヘリの着陸を見物に来る人もいない。

ハッチが開き、戦闘員とジョン・スミスたちは、無駄のない素早い動作で、武器を手にヘリを降りる。彼らの武器は、回転弾倉式グレネードランチャーである。外観は銃身の長い大口径のリボルバーで、巨人用に開発された擲弾《てきだん》を連続で五発撃てるという。擲弾は、巨人の体内に入ってから炸裂を起こす。細胞の再生が間に合わないほど細々に砕けるよう研究開発されたもので、心臓に命中させることができれば不死身の巨人にも致命傷を与えられるとのことだ。グレネードランチャーで殺せなかった場合を想定し、瞬時に拘束可能なネットランチャーも腰に下げている。

ゲームであれば、それらの武器を格好いいと思っただろうが、これは現実のできごとなのだ。

一同は無言で、緩やかな坂を小走りに進む。ビスコップ・グループが開発した暗視ゴーグル越しに見る景色には、地図が重なっていて、目的地への道が示される。跳ねている光点は、肉眼では見えない小動物だろう。

雑木林に入ると、隊列が分散する。フレイが送ってきたデータから出入り口が八箇所あることはわかっていて、班ごとにそれぞれの出入り口から基地に侵入し、フレイを探しながら、ロケット弾発射を管制する司令室に向かうことは、機内で打ち合わせ済みだった。なお、対巨人戦闘部隊とジョン・スミスたちとの合同チームは八班で構成され、各班に必ず一人はコンピューターの操作が堪能な者が含まれている。亮とヴァルは一班とともに行動することになっていた。

突然、爆発音とともに右手から炎が上がったのは、ゴーグルに、目標まであと一キロと表示された時だった。

「何⁉」

亮は一瞬立ちすくむ。燃えているのは一カ所ではない、右前方から後方まで、視界いっぱいに炎の壁ができている。

「もう、どこかに焼夷弾《しょういだん》が落とされたとか？」

背中に嫌な汗が伝う。

『状況は？』

イヤホンからどこかの班の隊員の声がした。翻訳機を兼ねたイヤホンは対巨人戦闘部隊の無線の周波数に調整済みである。

『基地があると思われる場所から、南東の方向に約五キロにわたって扇形に燃えています。ロケット弾発射は確認されていません』

応答するのは対巨人情報部隊のチーフである。チーフは香港にある対巨人情報部の本部で監視衛星の映像を見ているらしい。

「いったい何が――」

と思っている間に、今度は左手から炎が上がった。

『見えた。何だ、あの燃え方は。まるで高出力の火炎放射器を何十機も使っているような』

今度はヘリのパイロットの声だ。着陸地点から飛び立って、上空から偵察しているのだろう。

『有効射程が五キロの火炎放射器など、そんな武器はどこの国の軍にも存在しない』

別の隊員の声が交錯する。

「破滅の枝、世界を滅ぼした炎……。まさか、レーヴァテインが起動したのでは……」

ヴァルのつぶやきに、亮は愕然とした。ジョン・スミスや戦闘員の間にも緊張が走る。

危惧していた通り、巨人の中にロキの生まれ変わりがいたということだろうか。

問題は、これでもう、巨人にとってフレイを生かしておく必要がなくなったことだ。

『前方に基地内への進入路を発見』

イヤホンから隊長の声がした。見れば、丘の斜面に四角い穴があいている。穴の大きさはちょうどコンテナトラックがすっぽりと入るぐらいだった。

隊員たちが、グレネードランチャーを構えて、穴に近づく。付近に巨人の気配はしない。

ヘリコプターから撮影したサーモグラフィーによると、巨人はここから二キロほど東に集結しはじめているとのことだ。

(何で俺と対決しないんだ?)

レーヴァテインが起動したのでロケット弾は発射せず、このまま世界を焼いていくのだろうか。亮には巨人の行動が不気味に思えてならない。

穴の中に進入すると、巨人の背の高さに合わせた高い天井の通路だった。各所に扉が設けられているが、すべて開け放たれている。通路の床には色テープが貼ってあった。

「先に行って、偵察してくるわ」

イースがポケットから飛び出し、通路の奥へ消えていく。

『こちら三班。東エリアでは火災が発生している!』

『南東エリアでも火事だ。これ以上進めない。一端、外へ出る』

イヤホンから切羽詰まった声が聞こえた。けれど、フレイ発見の声も、司令室到着の報告もない。

テープの通りに走って行くと、巨大な円形ホールに出た。薄く煙が充満し、ガソリンとアルコールが混じったような変な匂いがする。

煙の奥から近づいてくる人影があり、亮はとっさに身構えたが、他の班の隊員だった。足下のテープを見ると、すべての通路はここへ通じているらしい。

亮は再び走り出そうとし、ホールの中央に横たわっている人影に気づいた。

「ドクター、誰か倒れている」

一瞬、フレイかと思ったが、体型が違う。駆け寄っていくうちに、それがコリンであることを知って、亮は瞠目した。仰向けに寝かされている彼のシャツは、真っ赤に染まっている。

「コリン！　何で⁉」

亮は彼の傍らに膝をついて、抱き起こした。不死身の巨人が、血を流して倒れているなんてあり得ない。

「しっかりして！　コリン」

反応のないコリンを亮は担ごうとしたが、「亮」と、ヴァルに声をかけられた。見ると彼は緩く頭を振っている。

「嘘――」

あらためてコリンの顔をのぞき込み、亮は目を剝いた。

血圧〇、呼吸〇、脈拍〇。生体反応なし。死亡――。瞳孔が開き、弛緩《しかん》したコリンの顔に重なって、ゴーグルにそんな表示が映った。

「傷の形状からすると、レーヴァテインで貫かれたのかもしれません」

ヴァルがコリンのシャツをまくって、傷を調べる。

「巨人を殺せる武器はいくつかありますが、レーヴァテインもその一つだったのでしょう」

「何でこんなことに⁉　俺の足止めは成功したはずだろ⁉」

――五月に日本に星が落ちなければ、ラグナロクの兆しがなければ、人間として平穏な暮らしを続けていられたのに……。

――人間の友達がいます。恋人も人間です。

――なぜ巨人の王が、人間を滅ぼして自分たちだけの世界を作ろうとするのか、私にはわかりません。

地下道で彼が言っていた言葉が、亮の頭の中を渦巻く。

「いったい、何があったんだ！　何で君が死ななけりゃならなかったんだ！」

喉の奥に熱い塊が生まれ、それが大きく膨れ上がり、ひどく苦しかった。

「コリンが人間に友好的だと、巨人が知ってしまったのか、もしかすると、コリンはフレイたちに何かの便宜を図ったのかもしれませんね」

ヴァルが沈んだ声でつぶやく。

亮の中で、悲しみとコリンをこんな目に遭わせた巨人への怒りが、憎しみへと変わっていく。涙が頬を伝い、自分が獣のように吠えていることに、亮は気づかなかった。

フレイは、ジョン・スミスの肩を借り、巨人の目を盗みながら司令室へ向かって歩いていた。

頭の中には、ロボットカメラの映像から作った基地の見取り図があり、自分が今どこにいるのかもわかっている。けれど、薬が抜けていないせいか、手足が鉛のように重く、歩みが進まない。

アリの姿もない。

「やけに静かだ」

付近から巨人の気配が消えていることに気づいたのは、ロケット弾の発射まで、三十分を切った頃だった。

「亮様が到着して、総出で戦っているのでしょうか」

「それにしても、司令室周辺に警備が敷かれていないのが解せない」

何があった――と、フレイは前方の十字路に目をやった
右へ行けば、司令室だが、何かの罠が仕掛けられているのだろうか。

地響きを伴う爆発音が耳に届いたのはその時だった。続いて、前方の十字路を、すさまじい勢いで炎が横切る。

「この炎は――」

ジョン・スミスが呆然とつぶやく。

通路は床も壁も天井も、すべてコンクリートで覆われている。それにもかかわらず、炎は激しい勢いで燃え続けているのだ。

「レーヴァテインだ……。起動したのだ」

フレイの脳裏に、あの最期の日の光景が思い浮かぶ。レーヴァテインの炎は、樹木も獣も人も、土も石も何もかもを焼いた。その炎の中でも死なないのは、巨人だけだった。

背筋に悪寒が這い上る。過去世の記憶が戻った今、炎は恐れの対象ではなく、絶望と後悔の象徴だった。

「若君、燃え広がっております。逃げなければ、いずれはここも――」

「迂回する。幹部の個室から司令室へ行く通路があったはずだ」

来た道を戻りながら、フレイは付近に巨人がいないわけに思い当たった。通路に火をかけてしまえば、フレイたちがどこに隠れていようと殺せると考えたのだろう。

「この炎の勢いでは、司令室も燃えて、ロケットの発射システムが作動しないのでは？」

「いや、司令室には火の回りが遅くなるように考えて火を放っているだろう。いくらレーヴァテインでも、一瞬で世界全土を灰にはできない。ピートは予定通りロケット弾を発射し、亮をこの基地に招き入れた後に私もろとも基地を爆破したいと考えているはずだ」

大火災を起こしたところで、亮やフレイを殺さなければ、巨人は地上の覇者にはなれない。

重い足を引きずり、フレイは二ブロック戻って、幹部たちの個室が並ぶエリアへ向かう。幸い、そこには、まだ火の手が回っていなかった。

「この先が司令室につながっているはずだ」

と、通路の奥に目をやり、フレイは床に赤黒い染みがついていることに気がついた。

「血痕か?」

死体を引きずった跡のような染みのつき方だ。行ってみると、その染みは、コマンダーとプレート表示されたドアの前から始まり、一ブロック先の十字路を左へ曲がっていた。

「誰の血だ? ——まさか、アリ?」

コマンダーすなわちピートの部屋のドアはロックされていなかった。急いで中へ入り、リビングの床に大小二つの血だまりを発見してフレイは瞠目する。コンクリートに残る小さな手形は、間違いなくアリのものだ。

フレイは時計に目を走らせ、刹那逡巡する。ロケット弾の発射時刻まで二十分弱だ。

「手分けしてアリを捜すぞ。お前はその引きずられたような跡を追え。発見できてもできなくても十分後に司令室へ来い」

「承知しました」

ジョン・スミスはフレイの腕を肩から外し部屋を飛び出した。

フレイは、室内に留まり、血だまりに目を戻す。ここで傷を負ったのは、アリともう一人、大柄な人物——巨人だろう。

壁に手をついて体を支えながら歩き、フレイは部屋を出て、ジョン・スミスとは反対の方向へ行った。十字路を行き来しているうちに、やがて通路の端に乾きかけている小さな足跡を発見する。

(引きずられたのは巨人で、アリはこちらへ歩いてきたのか)

フレイは、その足跡を追った。

気温が上がり、息苦しくなってきた。視界が煙で閉ざされる。

（ロケット弾発射まであと十三分）

時間切れだ。発射のプログラムを書き換えなければならない。

司令室へ向かおうと、フレイが顔を上げた時、

「助けて……フレイ、ジョン・スミス……」

どこかで微《かす》かにアリ声がした。

「アリ！」

呼びかけると、「フレイ!?」と返事があった。

声は左側の巨人の居室から聞こえているようだった。その部屋へ入り、燃える二段ベッドを横目に、フレイは声の源を捜す。

「どこだ、アリ！」

「こっち！　助けて！」

声は、部屋の奥から聞こえてくる。落ちてくる火の粉を腕でかばいながら進むと、壁際に据えられていたスチール製のロッカーの扉が開き、「怖かった！」と、アリがフレイの胸に飛び込んできた。

半泣きの彼の顔は、すすで汚れて黒ずみ、シャツは破れて血で真っ赤に染まっている。

「大丈夫。これはコリンの血。アリ、気絶したけど気がついた。巨人、いなかったから、フレイとジョン・スミス捜してて、そしたら火事になって――」

そこへ二段ベッドが焼け崩れ、アリは悲鳴を上げてフレイにしがみついた。

彼の頭を脇に抱えるようにして炎をかいくぐり、通路に出る。

司令室へ向かう途中で、ジョン・スミスに出くわした。

「見つかってようございました。こちらは通路に火が回っていて先へ進めず——ですが、オフィサーの私室でこれらを発見いたしました」

と、フレイの銃と予備のカートリッジ及びスマホを差し出した。引き返す途中で、幹部用の私室のドアがいくつか開け放してあることに気づき、もしやと思って探してみたとのことだ。

ホルダーがないので、それらをポケットにしまい、フレイは再びジョン・スミスの肩を借りて、司令室へ走る。あちこちからガラスの割れる音や爆発音が聞こえた。背後からは黒い煙を上げながら、炎が這い寄ってくる。

フレイの首筋が、ふいにそそけ立った。

炎が起こす風の中に、何かの気配がある。遠い昔から知っている気配だ。

(フェンリルか)

気配は全部で三つ。フレイたちを殺せと命じられているのか、それとも空腹を満たす獲物だと思っているのか、足音を忍ばせ、近づいてくる。

「振り返るな」

フレイは小声で言った。馬よりも大きな古代のオオカミは、猫科の獣のようなかぎ爪を持ち、柔軟性と瞬発力に優れている。狙った獲物が逃げる素振りを見せれば瞬時に反応し、その爪を背中に食い込ませてくるだろう。

しかも、巨人と同じく、細胞の再生速度が速く、銃で撃ったぐらいでは死なない。

司令室のドアは見えているが、走って逃げ込むには遠すぎる。フレイは左右に並ぶドアに視線を走らせた。幹部の私室として使われているそれらの部屋に通気口がないことは、先ほどアリを探している時に気づいていた。そしてベッドやソファなどの可燃物が多い。ドアが開いている部屋はすでに燃え始めていることでもわかるように、閉め切った部屋では不完全燃焼を起こしているはずだ。

「アリ、ジョン・スミス、私が合図したら司令室まで走れ」

フレイはジョン・スミスの肩から腕を下ろした。歩調を変えず、ポケットから銃を取り出すと安全装置を外し、腫れた指を無理矢理トリガーにかける。

「若君、危のうございます。わたくしが、あれらのオオカミをどこかの部屋へ閉じ込めますので、若君は先に司令室へ」

ジョン・スミスは、フェンリルの気配も、フレイが何をしようとしているのかも察していたらしい。

「この作りのドアでは、すぐに破られてしまう。それに私は走れない。しかし、お前よりも頑丈にできている」

「ですが――」

「心配するな、死ぬつもりはない。司令室のロックを解除しておいてくれ。もしも電源が落ちていたら、その修復も頼む。この手順と役割分担が最も効率的だ」

「……承知いたしました」

ジョン・スミスは小型のタブレット型コンピューターのディスプレイに触れて、オフィサーの虹彩認証用のデータを呼び出す。

「行け！」

フレイの声で、アリとジョン・スミスが駆け出した。炎の中から、三頭のフェンリルが一斉に飛び出す。

フレイは振り返りざま、一頭につき二発ずつ、大きく開いたフェンリルの口腔を狙って銃を撃った。拳銃の弾丸では、どれだけ火薬を増やそうとフェンリルを殺すことはできない。けれど、嗅神経や視神経にある程度のダメージを与えることができれば、細胞の再生までの時間、彼らの動きを制限できる。折れた指と、薬でぼやける視界のため、全弾命中とはいかなかったが、それでも、三頭とももんどり打って床に落ちた。その隙に、フレイは閉まっているドアに駆け寄る。

口から血の混じった涎を垂らし、フェンリルがのろのろと起き上がった。弾丸を吐き出し、憎悪に燃える目をフレイに向ける。ゆっくりとそれらが近づいてきた。

フレイは、ドアノブに手をかけ、一気に引き開けた。熱せられたドアノブで手の平が焼けたが、構ってはいられない。どっと濃灰色の煙があふれ、次の瞬間にドン！　という爆発音とともに室内から炎の塊が飛び出す。不完全燃焼により発生した一酸化炭素が一気に酸素と結びつくことで起こるバックドラフトである。

ドアの陰にいたフレイは、爆風と衝撃波で吹っ飛ぶフェンリルを横目に、司令室へ向かって走った――つもりだったが、まるで足首にウェイトを巻いているかのように歩みが進まない。

そうしているうちに、背後でフェンリルの気配がした。一度は失神したのだろうが、目覚めてしまったらしい。うなり声は、今は弱々しいが、怯えて去ってくれるほど可愛らしい獣ではないし、回復するのも時間の問題だ。

そこへ「フレイ！」と、司令室に入ったはずのアリが引き返してきた。アリを追って、ジョン・スミスも戻ってくる。二人に、両脇から抱えられ、フレイは司令室へ走った。

「司令室のロックは解除済みです。必要な機器の電源も入れました。ここはわたくしが食い止めます。若君は発射のプログラムを――。あと五分しかありません」

司令室に飛び込み、フレイをコンソールまで運ぶと、ジョン・スミスは銃を構えて再び通路へ出てドアを閉めた。

彼の射撃の腕と体術の技能はフレイを凌駕する。非常に頼りになる護衛だが、唯一の欠点は、おのれの命を惜しまないことだ。自分の死が、他の者にどれだけの影響を与えるか、考えたことがないらしい。

「待ってろ」

スクリーンにはロケット弾発射および自爆までのカウントダウンが表示されている。ロケット弾発射まであと五分十三秒、自爆はその三十秒後にセットされていた。

フレイは腫れた指でキーボードを叩く。

（まずはログからパスワードを探る）

骨折と火傷のせいで、指がうまく動かない。一番の問題は、呼吸困難だった。肋骨を骨折して気胸を起こしたのかもしれない。痛みは我慢できるが、目がかすむのは困る。

通路の方で銃声がした。ジョン・スミスのBP四五の音だ。フェンリルがそこまで迫っているらしい。大口径の彼の銃は、フレイの物よりも威力がある。頭蓋を打ち抜くことができれば、相当の時間が稼げる。

「アリ、ジョン・スミスの銃声を数えていてくれ」

言いながら、フレイはキーボードを叩き続ける。

（対巨人情報部のホストコンピューターにつなげることができれば……）

フレイは、情報部のエンジニアと役割分担し、ロケット弾発射プログラムの変更にかかる時間を短縮しようとした。しかし、複雑に暗号化された信号は、なかなか同期してくれない。

先に、音声通信が開通した。

『誰かが、ネットワークに侵入しています！』

『そんな馬鹿な。このサーバーへ入れるハッカーなど――って、このIDは、若君⁉』

そんな声がスピーカーから漏れてくる。

「聞こえるか。私だ。ロケット弾の発射時刻まであと四分弱しかない。手伝ってくれ」

『発射時刻が早まったのですか⁉』

「基地は全部で十六カ所。私はこの基地のロケット弾発射と自爆装置の解除をする。他の基地をそちらで頼む」

早口でそう命じ、『自爆⁉　りょ、了解しました』の返答を聞きながら、フレイは幾重にも張り巡らされた保護プログラムを一つ一つ解除していく。

（発射時刻まであと三分半）

キーボードを叩く指が、自在に動かない。焦りが募る。

背後からは銃声が鳴り響いていた。しかし、フェンリルの咆吼《ほうこう》は止まない。ドアに何かがぶつかる音もする。

「ジョン・スミス、八発撃った……煙たい」

アリの声も弱々しい。

「煙を吸わないように、床に伏せていろ」

指の痛みと息苦しさをこらえ、必死でキーボードを叩く。

ようやく発射プログラムへのアクセス権が得られた。しかし、あと三分しかない。

動かない指がもどかしかった。

銃声が途切れたのは、スクリーンのカウントダウンが六十秒を切った時だった。

ジョン・スミスがやってくる気配はないことを知って、フレイの背筋が凍る。

「彼は、何発撃った？」

キーボードを叩きながら、フレイは尋ねた。

「ジョン・スミス、二十回、拳銃撃った。フェンリル、追い払った？」

アリが不安そうにフレイを見上げる。

「なんてことだ」

ジョン・スミスは、予備のカートリッジを一つしか持っていない。銃声が止んだのは、フェンリルを撃退したからではなく、弾切れしたのだ。

しかし、発射中止のコード入力と自爆装置の解除をしなければならない。彼を助けに行けない。

フレイは作業を急いだ。火傷した指先の水泡が破れ、血がにじんできた。

コンピューターボイスが残り秒数を読み上げ始めた。二十秒を切ったのだ。

(もう少し……)

コンピューターボイスは、無慈悲にカウントダウンを告げる。

この打ち込みが間に合わなければ、ヨーロッパ全土の都市が炎に呑まれる。

(間に合ってくれ――)

自分でも息が浅くなっているのがわかった。

唇を噛み、フレイは痛む指を必死で動かす。にじんだ血がキーボードをべたつかせる。

『四、三、二――』

カウントダウンを聞きながら、フレイはエンターキーを叩いた。とたんに、画面の文字が凄まじい勢いで流れる。

『ロケット弾の発射を中止しました。自爆まであと三十秒』

世界が救われたことなど、コンピューターには何の感慨ももたらさない。それはフレイも同様だった。自爆装置を解除し、ジョン・スミスを迎えに行かなければならない。部屋の外には、レーヴァテインの炎も迫っている。

レーヴァテインの炎を消す術を持っていなければ、ラグナロクの再現は食い止められない。

スピーカーの向こうで対巨人情報部隊のエンジニアが、息を呑む気配がした。

フレイはキーボードを操作し、自爆システムに侵入する。

「フレイ！　煙が！　ジョン・スミスの声も銃の音もしない」

炎がそこまで迫っているのだろう。煙を吐き出す出入り口にアリが駆け寄った。

「行くな、アリ！」

コードを打ち込み、エンターキーを押す。

『自爆を中止します』

『やった‼』

『若君‼　こちらも全基地の発射、中止を完了しております』

コンピューターボイスとエンジニアの声を背中で聞きながら、フレイはアリを追った。もつれる足を踏みしめながら銃を取り出し、片方の手でアリの襟首をつかんで背後へ押しやる。

ドアを開けると、ジョン・スミスが倒れ込んできた。その向こうに、炎をまとわらせたフェンリルの巨体が跳躍する様を見て、フレイはとっさにジョン・スミスを背にかばった。左肩から胸にかけて熱い痛みが走り、フレイは顔をしかめながら、目の前に迫った巨大な腭《あご》に銃を突っ込み、続けざまにトリガーを引く。

フェンリルが、悲鳴を上げてのけぞった。その隙に、フレイはドアを肩で押して、巨大オオカミを閉め出し、ロックする。

「ジョン・スミス……生きてるか？」

荒い息をつきながら、フレイは倒れたままの彼の傍らに膝をついた。彼の頬には深い爪痕が縦に走り、肩は衣類が破れて血塗れている。

「……若君、ご無事でしょうか……？　プログラムは……」

「作業は終了した。脱出するぞ」

ドアの向こうでは、フェンリルが体当たりしたり、爪で引っ掻いたりする音がしていた。フェンリルがドアを壊して入ってくるのは時間の問題だ。いずれにしろここにはいられない。

司令室にはフェンリルが破ろうとしているドアの他に、二つのドアがある。一つは先ほど通ろうとして炎に邪魔された通路に続くドアで、もう一つは不明だ。しかし、ここが軍事基地の司令室であることを考えると、緊急避難用に地下のシェルターへ続くか、もしくは屋外へ出られる通路だろう。

「立てるか？」

フレイは、ジョン・スミスを助け起こそうとした。

ミシリと、不穏な音が耳に届いたのはその直後だった。

「何の音？」

アリが音のした方を見上げる。人間用のサイズで作られた司令室の天井はそれほど高くなく、そこに亀裂が入っていく様子は容易に確認できた。パラパラとコンクリートのかけらが降ってくる。

「伏せろ！」

フレイが叫んだとたん、コンクリートの天井が落ちてきた。

（何でコリンが死ななけりゃならなかった！）

亮がハンマーを投げるのと、ほぼ同時に、煙の中から巨大なオオカミが飛び出してきた。狙い違《たが》わず、ハンマーはオオカミを直撃し、血しぶきと肉片をまき散らし、馬以上の巨軀が十数メートルも吹っ飛んで壁に激突する。

（人間でいたいと言ったからか！　平和を望んだからか！）

ハンマーが手に戻ってきた時には、別のフェンリルが、黒い毛に炎をまとわらせて現れ、亮はすかさずまたハンマーを投げる。そのフェンリルも当然一撃で倒したが、黒い大きな獣は次々と現れた。

（くそっ。フレイはどこだ！）

亮はハンマーから手を放さずに、飛びかかってきたフェンリルを打った。

――一握りの権力者の野望のために、弱い者が使われ、命を奪われるなど、あってはならない！

基地内の通路の景色に、彼方まで広がる荒れ野の風景が重なった。血を流し、倒れ伏した死体は、神々の中で最強と言われたトールが、守り切れずに死んでいった神々、妖精、人間の戦士。

トールの怒りや悲しみが亮の心を侵していく。

『北エリアに巨大オオカミの群れを発見！』

『街へ向かわせるな！　食い止めろ』

イヤホンから聞こえてくる隊員たちの叫び声とグレネードランチャーの発砲音が、太古の戦場を思い起こさせた。

「巨人の王！　フレイをどこへやった！　出てこい！」

背後でヴァルが何か言っていたが、亮の耳には入らない。胸の奥が痛いほどに熱く、苦しかった。

亮をようやく我に返したのは、足下を揺るがす轟音だった。

気づけば、周囲は炎の壁で、辺りには熱い風が吹き、床にはフェンリルの死骸が散乱している。その中央に立つ自分は、迷彩色のスーツの色もわからないほど血にまみれていた。

「今の音は――？」

『北東エリアで崩落があったもよう。全員急行せよ。繰り返す――』

イヤホンから他の班の通信が聞こえ、ゴーグルに方角が表示される。

「もしかして司令室がある方？」

興奮が収まらず、亮は肩で息をしながら尋ねた。

「今し方、対巨人情報部から連絡があって、フレイからのアクセスで世界各地に建てられた基地のロケット弾発射を中止させたそうです」

ヴァルが焦った様子で言った。

「つまり、フレイは今、崩落した司令室にいるってことか？　それで全員――」

「亮！」

そこへイースが飛んできた。

「中から行くのは無理！　司令室へ行く屋内の通路は全部燃えてるわ。あたし、外から行く道発見したの！　ただし途中に巨人がいるけど」

「構わない。案内してくれ」

亮は、イースの後ろ姿を追って駆け出した。


フレイは目を開けた。コンクリートの隙間から漏れてくるのは炎の明かりだ。天井が落ちた時に停電したらしい。埃に交じって煙の匂いがする。

「ジョン・スミス、アリ、無事か？」

フレイの問いかけに、「アリ、大丈夫」「何とか……」と、近くで二人の返事があった。

右側にジョン・スミスの腕が見える。

目の前のコンクリート片を手でどかすと、辛うじて這い出ることができた。倒れたデスクがコンクリートの直撃を防いでくれたらしい。ただし、フェンリルのかぎ爪にやられた胸がひどく痛み、うまく息ができない。上半身を起こし、周囲をざっと眺める。

左後ろのフェンリルがいた方のドアは燃え落ちていて、積み重なったコンクリートの間から巨大オオカミが前足を伸ばしている。

中央のドアは燃えている真っ最中だ。緊急避難用と思われる右のドアは外れて傾いている。幸い、そこの通路は崩落しなかったようだ。

「出られるか?」

浅い呼吸を繰り返しながら、フレイは自分が出てきた隙間をのぞいた。

傾いたデスクとコンクリート片の間にジョン・スミスの顔が見える。彼の肩の辺りには、アリの手があった。

「足が挟まっていて——」

隙間から這い出ようと、ジョン・スミスが身をよじった。

彼らを助け出すには、デスクをずらさなければならないが、それにはデスクの上や横に重なったコンクリート片を取り除かなければならない。

中央のドアから、黒い煙を上げながら炎がじりじりと迫っていた。

フェンリルがコンクリートのバリケードを破って飛びかかってくるのが早いか、この部屋が燃えるのが早いか、それとも酸素がなくなるのが早いか、いずれにしろ危機的な状況だ。

「待っていろ」

フレイはデスクの上に載っているコンクリート片を動かそうとし、左胸の痛みに顔をしかめた。辛うじて、一つをどかし、二つ目に取りかかる。しかし、大きすぎて持ち上げられない。

ジョン・スミスも這い出ようともがいているが、挟まった足が抜けないようだ。

ガラガラと、背後でコンクリートが崩れ落ちる音がした。炎が中央のドアを燃やし尽くし、司令室にまで忍び寄ってきている。

「若君、どうか先にお逃げください。きっと亮様たちが近くまで来ているはず」

「そうはいかない」

助けを呼びに行っている間に、この部屋が燃えてしまう。

フレイは折れたデスクの脚を拾い、それでコンクリート片を叩いた。コンクリートは焼ければ劣化する。まして何もかも焼き尽くすレーヴァテインの炎であればなおさらだ。

しかし、コンクリート片は思ったほど容易く砕けなかった。

呼吸がうまくできず、振り上げる腕が重かった。

(暑い……)

背中がじりじりと焦げていくような気がした。炎がすぐそこに迫っているらしい。

「若君！　わたくしたちのことは構わず、どうかお逃げください！」

ジョン・スミスが絶叫した。

「だめだ。お前たちを置いては行けない……」

言ったとたんに、ひどく咳き込み、胸の痛みに襲われてフレイはその場にくずおれた。肋骨を骨折して気胸を起こしているか出血しているか、とにかく肺が圧迫されているらしい。

「若君！」

「……大丈夫だ」

フレイはすがりつくようにして立ち上がり、コンクリート片を割る作業を再開した。

せめて、もう少しまともな道具があればいいのだが、手近に使えそうな物がない。

折れたデスクの脚では、なかなかコンクリート片が砕けない。役に立たない代物。

それが、あの最後の日を思い出させた。

レーヴァテインを持つスルトと対峙した時、フレイが持っていたのは、人間の戦士が使う剣だった。

雨風を呼ぶことも、レーヴァテインの炎を消すこともできない、普通の剣。

そして、自分の剣を失ってしまったことを悔いながら、なすすべもなく炎に巻かれて死んだ。

（また、同じことを繰り返すのか、私は……）

本格的に呼吸困難に陥ってきた。

視界に黒い紗のカーテンが降りてくる。

（冗談ではない……もう少しで……）

振り下ろした手から、デスクの脚が落ちた。拾おうとして、床に突っ伏す。デスクの脚を探して、傷だらけの指が、床をかいた。

フレイは動かない体に苛立ち、全神経を集中して手を動かそうとし、そのまま意識を失った。


「若君……若君！」

フレイが倒れ伏す様を見て、ジョン・スミスは目を剝いた。

炎はほんの数メートルにまで迫っている。すぐに逃げなければ焼け死んでしまう。

なのに、フレイはうつぶせになったまま、起き上がる気配がない。

ジョン・スミスはもがいたが、挟まった足がどうしても抜けない。

「フレイ、どうした?」

ジョン・スミスの横で、アリが言った。彼の位置からではフレイは見えない。

「わかりません……倒れてしまったのです」

サングラスのフレームに指をかけ、フレイに焦点を当ててズームインする。

先ほど、一度くずおれた時には、浅く上下していた背中が、今は微動だにしていない。息をしていないのだ。

「そんな……まさか……」

ジョン・スミスは渾身の力を込めて、その場から這い出ようとした。この体勢では無理だとわかっていても、そうせずにはいられなかった。

「若君、起きてください! 起きて、逃げてください!」

しかし、いくら呼びかけてもフレイの返事はなかった。


(暑い……)

体が焼けて、死んでいく感覚。

周囲は炎に包まれている。

これは夢なのか、それとも現実なのか。

——残念だったな、フレイ。

そう言って笑う巨人の姿がぼんやりと見えた。

あの日、生き残った兵と、民を軍船に乗せて、フレイは一人戦場へ戻った。皆を逃がすまで時間を稼がなければならない。

最後の戦場、ヴィーグリーズの野は、一面炎の海だった。スルトがレーヴァテインで何もかもを焼いてしまったのだ。

炎の中で、フレイは人間の戦士が使う剣を手に、スルトと対峙する。

――そんな剣で、おれと戦うつもりか？

スルトがあざ笑う。

この剣では、スルトには敵《かな》わないことは十分すぎるほど承知していた。

九つの光を宿したおのれの剣さえあれば、この炎を消すことも、スルトを倒すこともできた。世界が滅ぶこともなかった。剣の存在が抑止力となって、巨人に攻め込まれることもなかったのだ。

(私のせいだ)

胸を引きちぎられるほどの後悔。

世界はもう以前の姿を取り戻すことはできない。都の象徴ユグドラシルも、死者さえ蘇らせるヴァルハラの医療施設も何もかもが焼け落ちてしまった。死んでしまった神々は、もう生き返らない。

深い絶望。

――なるほど、死にに戻ってきたのか。

スルトが剣を構えた。

死ぬことで償おうなどとは思っていない。ただ、一人でも多くの民を守りたいだけだ。

（いや、……守るために、戦場に戻ったのだ……）

後悔と絶望とに苛《さいな》まれてはいた。炎を消せないこともわかっている。それでも、死を覚悟してスルトと対峙しているのは、人間たちを生かすためだ。

──ならば望み通り、焼き尽くしてやる。肉も骨も何も残らぬほどに。このレーヴァテインで！

灼けた鉄の色をした刀身が振り下ろされた。

刃から噴き出た炎が、大地を割って迫ってきた。炎はフレイの体にまといつき、渦を巻いてさらに勢いよく燃え上がる。

──若君！

誰かの声がした。

（そんな呼ばれ方をしたことはない。私はフレイ神だ）

──若君！　お逃げください！

聞いたことがある声だ。

ふと、めがねをかけた理知的な青年の顔が思い浮かぶ。

──次に何かが起きたら、僕たちで戦わなければなりません。

（ヴァルキュリアのエリー……？）

次に思い浮かんだのは、明るい笑顔の若者だった。

──悪夢の結末を変えよう。俺たちの手で。

（トール？　いや、違う。あれは……亮）

フレイの脳裏に、遙かな過去の彼らと、現代の彼らの顔が重なる。

（悪夢の結末を変える……）

炎に包まれた大地に、緑豊かな森の景色が重なる。その向こうには人々が住む街。ロンドンの町並み、香港の夜景。

次々と景色が移り変わる。ラグナロクの後、長い年月を経て築き上げた現代の人の世界。

完璧ではないけれど、愛しい世界。今、フレイが守るべきは現代の人々。

彼らを死なせはしない。亮を、ヴァルを、ジョン・スミスを、アリを。そして今この世界に生きる人々を。

（そうだ。私はフレイ・ロバート・ビスコップ――今度こそ！）

そう思った途端、ふいにフレイの脳裏に剣の姿が思い浮かぶ。

施された装飾もわからないほど錆《さ》びているが、間違いなく失った剣だ。

地下深くでそれは眠っていた。

「出でよ、九つの光よ。第一の光は太陽にありて力を与え――」

肺が痛んで息が吸えず、剣を喚ぶ呪文が声にならなかった。けれど諦めたりはしない。

世界を、再び滅ぼさせはしない。失った剣を取り戻し、レーヴァテインの炎を消す。

そのために自分は生まれてきたのだから。

剣が鳴動し、鐘のような澄んだ音を響かせた。震えながら、次第に刀身から錆が落ちていく。

錆びが落ちた場所から、古代の文字が浮かび上がった。フレイが紡いでいる呪文の文字である。

「第二の光は、月にありてやすらぎを与え、第三の光は星にありて迷いを導き――」

フレイが一つ呪文を唱えるたびに、刃身に文字が現れ、輝き始める。

夏至の太陽に似た、まぶしく強い光。

破滅の杖がもたらす禍々《まがまが》しい炎を消し去る圧倒的な力。

「第四の光は、風にありて四季を変え、第五の光は水にありて渇きを癒やし、第六の光は炎にありて闇を払い、第七の光は大地にありて実りをもたらし、第八の光は樹木にありて世界を清浄し、第九の光は人の心の中にありて希望をもたらす」

呪文を唱え終わった時、フレイはその剣が、星雲の中から星が生まれる時のような光を放つのを感じた。

（来い）

フレイは剣に向かって念じる。フレイの意思に従って、剣が宙に浮き上がった。

「若君、若君！」

フレイの背に呼びかけていたジョン・スミスは、ふと、投げ出された彼の右手がぴくりと動いたのを見て押し黙った。

（生きておいでになる？）

フレイを注視している間に、右手の通路から光が差しこんでくることに気づき、目を移した。

炎の明かりではない。揺らめきのない白い光だ。美しく輝きながらそれは近づいてくる。

それがレーヴァテインに酷似した剣であることを見て取り、ジョン・スミスは目を瞠《みは》った。

宇宙人も幽霊も超能力もジョン・スミスは否定しない。フレイが神の生まれ変わりであると聞いてもさほど驚かなかった、というよりむしろ当然だと思った。

けれど、剣が輝きながら宙を飛んで来る様にはさすがに我が目を疑った。

サイコキネシスという言葉が思い浮ぶまでにはしばらく手間がかかった。

剣は、まるで吸い付くようにフレイの右手に収まった。

剣が放つ白い光が、フレイの体を包む。

その時にはすでに、炎がフレイの足下にまで迫っていたが、白い光に行く手を阻まれたかのように侵食を止めた。

剣を手に、フレイがゆっくりと立ち上がった。光の中で、フレイが振り返った。海色の目はすがすがしく力強く、形のよい口元には笑みが浮いている。彼に重なって、なぜかチェーンメイルをつけ、マントを羽織った騎士の姿が見えた。

「フレイ神……」

若君と呼ぶべき主に対し、神の名が口をついて出た。

亮は、イースの後について雑木林の中を走る。

『司令室へ通じる出入り口はポイント二〇二。その約二十メートル東に、二十九名の巨人。巨大オオカミ多数』

イヤホンにヘリのパイロットの声が入り、ゴーグルに方角が示される。

『一班から六班はC隊形で正面から突入。七、八班は背後から回り込め』

それに応じて、隊長が隊員たちに指示する。

『レーヴァテインから発せられる燃焼剤の組成は不明。ただし親油性粘着性ともに高く、燃え尽きるまで消火は不可能と思われます。直撃を受けないよう気をつけてください』

無線連絡に対巨人情報部のチーフの声が交じった。

人間の世界を焼き尽くす破滅の枝、レーヴァテイン。ロキは何を思って、その剣を鍛えたのだろう。

「いるわね」

イースがつぶやいた。

「ああ」

熱い向かい風の中に巨人の気配が混じってきたのが亮にもわかる。

けれどまだ姿は見えない。見えなければ狙えない。そこがハンマーの弱点だ。

「亮、あんた、こうなってもまだ巨人を殺せないなんて言うつもりじゃないでしょうね」

「殺す。あそこにいるやつらは、全員」

レーヴァテインは持ち手を選ばない武器なのだろう。ロキが鍛えた剣をスルトが使ったぐらいだ。

容赦していては、破滅の炎の脅威は去らない。

「わかってきたじゃない。亮、あたしたちが守らなくちゃならないのは――」

彼女の声に重なって、重い爆発音と衝撃波が響いた。続いて肌をやく熱風。炎が走ってくる。

「危ない！」

亮はイースに手を伸ばしたが、その前に彼女は風にさらわれ、飛ばされていく。亮は草を転がり、レーヴァテインの直撃を避けた。

「びっくりしたわぁ」

すぐに体勢を整え、イースが戻ってきた。けれど、行く手には炎の壁ができている。

「大丈夫ですか？」

ヴァルと他の戦闘員が追いついてきた。

ゴーグルに地図が映り、燃えていない場所を示す。ヘリが写す映像が送られてきたのである。

「回り道を――」

と、方向転換したところで、二発三発と火炎が放たれた。亮たちは完全に炎に囲まれてしまった。

熱い風が吹きつける。炎が周囲から酸素を奪っているらしく、息苦しくなってきた。戦闘員たちはすでに酸素マスクを着けている。

「くそっ、相手さえ見えれば、ハンマーを投げられるのに」

「亮から隠れているのですよ。見つかったら最後、あなたに敵《かな》わないことを、彼らは知っています」

肩で息をしながら、ヴァルが言った。

ゴーグルに映る地図にも、逃げ道は見いだせない。炎はじわじわとその面積を広げ、亮たちに迫る。次第に炎が渦を巻き始めた。

「火災旋風だ。あれに巻き込まれたら命はない」

隊長の声に緊張が走る。

『巨大オオカミの群れが分散しながらそちらへ向かっている。なお、上昇気流により、このエリアでの飛行は不可能。離脱する』

イヤホンからはパイロットの声。

圧倒的な力の差。普通の人間には絶対に敵わない。

（守らなきゃならない）

亮は炎の竜巻の根元を狙ってハンマーを投げた。

ドンと、雷鳴に似た音を響かせ、ハンマーが地面を大きくえぐる。炎の竜巻は火の球となって四散し、ハンマーは、幅十数メートル、深さ二メートル、長さは五十メートルぐらいの溝を作る。本当はもっと大胆に、山を崩して土で炎を埋めてしまいたいが、基地を破壊してしまう可能性があるのでそこまではできない。基地の中には、フレイたちや他の班の戦闘員がまだいる。

『驚いた』

戦闘員たちは唖然としてハンマーを目で追った。

「今のうち！」

亮はその声で、戦闘員たちがその半地下道へ飛び込んだ。亮はしんがりを務め、炎の囲みから抜け出す。しかし、そこへ黒い体毛に炎をまとわらせたフェンリルの群れが襲ってきた。

戦闘員がグレネードランチャーを構え、一斉に砲撃を始める。

『こちら八班、炎に遮られ、出入り口への接近は不可能』

『七班は、出入り口の十メートル手前まで来ている。だが、巨大オオカミが――』

イヤホンにフレイの救出に向かった班の交信が入る。

（フレイは無事なんだろうか）

胃がひりひりと痛い。

亮は戻ってきたハンマーを握ったまま、迫るフェンリルの頭部を砕いた。ギャン！　という悲鳴が、ひどく残酷なことをしているような気がした。

巨人に育てられ、人間を襲うよう命じられただけで、フェンリルに罪があるわけではない。

「川本《かわもと》だってそうだ」

次々に襲ってくるフェンリルをハンマーで打ち払いながら、亮はつぶやいた。

隕石調査隊を全滅させた川本を許せない。けれど、川本は命じられたことを遂行しただけだ。その川本を殺した巨人たちはもっと許せない。

人間として生きたいと言っていたコリンを、レーヴァテインで貫いた巨人が、憎くてたまらない。

これで、もしもフレイが無事でなかったら、問答無用で全員を肉片にしてやる。

今、自分が、あそこにいる巨人たちを憎いと思うように、巨人の方でも、人間を憎んでいるのだろう。遙かな過去から、そうやって互いに殺し、殺され、憎しみを募らせてきたのだ。

だから終わらない。殺しと復讐のループ――。

「亮！　危ない！」

イースの声に振り返れば、熱波と衝撃波をともなって、正面から迫る炎が目に飛び込む。

亮は手前にハンマーを投げて、えぐれた土で山を造る。山にぶつかった炎は、巨大な火球となって飛び散った。

「敵にこちらの居場所を特定された。次はでかいのがくる」

固い声で班長がつぶやく。

「下がってて。炎が来たら、俺が今みたいに、土をまくって遮ってみる」

亮はハンマーを構え、気配を窺う。

「そんな、超高速列車の鼻先を狙うような真似が――」

班長が言い終わらないうちに爆発音が響いた。

熱風と炎がやってくる。方向を見定め、亮はハンマーを投げた。火山の噴火のごとく、耳が痛くなるほどの轟音とともに、土と炎とが垂直に上がる。

けれど、手加減したせいか、土煙が収まってみれば、炎が勢いを盛り返していた。

「だめか」

もう一度試すべきか亮は逡巡した。基地までの距離が近すぎる。今以上の力を使ってハンマーを投げれば、衝撃で基地が倒壊するかもしれない。しかし、このままでは炎の包囲網はせばまるばかりで、いずれはみんな焼け死ぬ。

そうしているうちに、風が渦を巻き始めた。再び火災旋風が起きようとしているのだ。

「どうすれば――」

ハンマーを握りしめて唇を嚙み、ふと、亮は懐かしい気配を感じて振り向いた。

「あれは」

イースとヴァルも同じ方角を向いている。

炎に遮られて姿は見えないが、この気配は紛れもなく――。

「フレイ！」

「は？」

ジョン・スミスや戦闘員たちが怪訝な顔で亮たちの視線を追った。

炎の壁の向こうに、空に向かって光の柱が立った。それがフレイの剣から放たれている光だと亮にはわかる。ずっと昔、トールだったころに、今と同じように畏敬と憧憬とを持って眺めていた。

遙か空の高みまで延びた光の柱は、やがてその天辺を膨らませ、まるで超新星爆発のごとく光を放射した。あまりのまぶしさに、亮は腕をかざして目を閉じる。

急激に気温が下がり、目を開けてみれば、あれほど燃えさかっていた炎がすっかり鎮まっていた。

そして――、
血と埃で汚れたジョン・スミスを支え、アリを連れて焼け野原をこちらへ向かってくるのは、レーヴァテインと瓜二つの剣を提げたフレイだった。髪は乱れ、スーツは破れ、シャツには血が染み、顔は煤と埃で汚れていたが、海色の目は涼しげで、いつも以上に美しく、神々しくさえあった。

「わ、若君……」

ジョン・スミスたちは一呼吸ほどの間、呆然としていたが、やがて口々に歓声を上げながら一斉に彼に駆け寄った。彼らのうち何名かは、主を抱きしめたい衝動をアリでごまかすことにしたらしく、アリを抱き上げ、頭を撫でたり頬ずりをしたりした。

『若君を——ビスコップ卿を発見！　ご無事です。若君は自力で脱出なさいました！』

イヤホンの向こうでも戦闘員たちの喜びの声が上がっている。

「心配をかけた」

ジョン・スミスに囲まれていたフレイが、こちらの視線に気づいて微笑《ほほえ》んだ。

「お帰りなさい、フレイ」

半ば涙声でヴァルが言った。

「フレイ、戻ったんだね」

亮の目頭も熱くなってきた。ヴァルの挨拶も、亮が戻ったと言ったのも、基地からの生還に対する言葉ではない。美しくて賢くて勇敢な、懐かしいヴァン神族の貴公子がそこにいたからだ。


（あの時代のトールとは、少し違うな）

フレイは、亮を見つめる。彼は涙目で笑っていた。

今まで、唯一、巨人を殺せる者として、悩み苦しんできたのだろう。神として覚醒した自分を見て安堵しているのが手に取るようにわかる。

(これからは一緒に戦える)

遠い過去、自分は剣を失い、ヨルムンガンドと対峙するトールの役にはたてなかった。そして死にゆく彼をただ見ているしかなかった。

今は違う。先鋒として彼を導くこともできるし、盾となって守ることもできる。もう繰り返さない。今度こそラグナロクの結末を変えてみせる。

そこへイースが飛んできて、フレイの前で、人の姿になった。

「フレイ様……。よくぞご無事で」

彼女もフレイの覚醒を感じ取ったのだろう。涙でくしゃくしゃの顔を真っ赤に染めて、恭《うやうや》しく腰を折る。

「巻き返しだ」

フレイは、三百メートルほど向こうの山の斜面に目を移した。付近の木々はまだくすぶり、黒い煙を上げている。

その煙の中に、巨大な人影がいくつもある。人影はゆっくりとこちらに近づいているようだった。

一陣の風が煙を払い、彼らの姿を顕《あらわ》にする。

フレイが、炎を消したことで、躊躇し、攻めあぐねているのだろう。本性の巨大な姿で、太刀や斧などの武器を手に、禍々しい殺気をこちらにぶつけてくる。

真ん中の巨人の手に握られている剣を見て取り、フレイはわずかに瞠目する。

「レーヴァテイン――」

悪夢の通り、その刀身は灼けた鉄の色をして、禍々しい輝きを放っていた。

フレイのつぶやきを聞いて、亮が息を呑む気配がした。

武器庫で見た時には、長さが一・二メートル程度だったが、亮のハンマーと同じく、持ち主の手に合わせて大きさを変えられるのだろう、今は三メートルほどに巨大化しているようだ。

「あれは、サンドフェラー財団の相談役、ピート・ヘイワードでは――」

ジョン・スミスの一人が、ズームイン機能を使っているのか、ゴーグルに手をやりながら驚きの声を上げた。

「あの人が巨人の王？　コリンは王がいるって言ってたけど」

そう言う亮もゴーグルに手をやっている。

「彼はコマンダーと呼ばれていた。王は別にいるらしい」

「どっちにしろ大物だね」

「ピートは私がやる。亮、お前は手をだすな」

「わかった」

「先鋒は、亮、お前が務めろ。殺す必要はない。組織の情報を得たい。ジョン・スミスは亮の援護だ。倒した巨人を捕獲しろ。対巨人戦闘部隊は後方に展開し、フェンリルが街へ出るのを阻止するのだ」

「行け！」

フレイの声で、亮が駆け出した。イースは再び妖精の姿になって、彼と並んで飛び、対巨人戦闘部隊とジョン・スミスたちも一斉に配置につく。

一塊になっていた巨人たちもばらけ、それぞれ武器を振り上げ、雄叫びを上げながら走ってくる。

彼らに先立って、巨大オオカミが疾走した。

怒号と爆発音が交錯する中、フレイはピートの五メートルの巨軀に向かって疾走する。

ピートがレーヴァテインを構えた。剣を持った右手と右足とを前に出し、切っ先をフレイの顔の高さに合わせている。

ピートが一歩踏み出し、レーヴァテインをつきだした次の瞬間、爆発音をとどろかせながら、灼けた鉄の色をした刃から凄まじい勢いで炎が飛び出した。

とっさにフレイはおのれの剣を掲げた。刀身が陽光にに似た白い光を発し、半球状の壁を形成する。

光の盾は、レーヴァテインの炎を吸収していった。蓄えられたエネルギーを利用して、大気を凍らせ、ピートにぶつける。その威力は凄まじく、周囲の土や草木までが一瞬にして凍りつき、わずかな震動で粉々にくだけた。ピートが彫像のように固まり、ひびが入っていく。

驚いた巨人やジョン・スミスたちが振り返った。

しかし、全身の細胞をくまなく凍らせることはできなかったらしい。ピートは苦しげに顔を歪めながら、微かに身震いした。ぽろぽろと青黒く変色した表皮が剝がれ、新しい皮膚が形成されていく。

肺にも同じことが起こっているのか、彼は体を折って咳き込み、大量の泥のような血を吐いた。

「おのれ――」

憎悪に燃える目がフレイを睨む。その顔に、ビスコップと並んで世界を牛耳るサンドフェラーのブレインだった頃の面影はない。

「投降するなら命までは取りません」

ピートを見上げ、フレイは言った。

「確かに、私はスルトの生まれ変わりではないから、世界を滅ぼせるほどの炎は喚べない。だが、神を名乗る脆弱な人間の一人や二人、倒すぐらいのことはできる」

ピートはレーヴァテインを握り直し、切っ先をフレイに向けて突進してきた。

炎をまとわらせて突いてくるレーヴァテインを、フレイは半歩横にずれてかわしざま、地を蹴って、太い彼の腕に乗り、再び跳躍して彼の背に乗った。逆手に持ち替え、剣を首の後ろに突き立てた。そこで冷気を送り込もうとしたが、ピートは絶叫しながら身をのけぞらせ、フレイを振り落とそうとした。フレイは剣を抜いて彼の背から飛び降り、間髪いれずに、ピートの顔に向けて凍った大気をぶつける。彼はその大気を炎で溶かし、フレイの頭上に刃を振り下ろした。

炎と氷との戦いが風を喚んだ。どこからともなく雲がわき上がり、それが凝って次第に厚くなっていく。夏至を控えたノルウェーの空は、まだ明るいはずだが、日の光が遮られ、辺りは冬の曇り空のように薄暗くなっていった。やがて雲間を稲妻が走る。

巨人が意図したのか背後の山脈はヨトゥンヘイム山地。神代における巨人の国の名だ。

破滅の炎で焼かれた森は地表を顕《あら》わにし、木々は炭と化して燃え続けていたが、フレイの剣が生み出した冷気で部分的に冷やされ、固まりかけた溶岩のように、黒と朱色のまだら模様を描いていた。あちこちで火の粉がはぜ、煙が上がる。

彼方では延焼が続いているのか、地平近くが赤く染まって空を焦がしていた。

その中で、陽光に似たフレイの剣の輝きと、焼けた鉄のようなレーヴァテインが閃き、何度も交差しては離れた。

「やるな、小僧」

荒い息をつきながら、ピートは片頬をつり上げ、不敵な笑みをうかべる。

自らもフェンシングをたしなむフレイには、彼がかなりの技量を持っていることがわかる。まったく油断できない。

（間合いが違いすぎる）

顎からしたたる汗は、単に暑いからではない。

司令室の出入り口で、フェンリルにつけられた爪痕が痛んでいた。シャツが生暖かく濡れているのは、出血のせいだろう。柄を握る指にも、ほとんど感覚がない。

おまけに、レーヴァテインの炎を消すための術は、ひどく体力を消耗する。

（それは向こうも同じだろうが――）

レーヴァテインの輝きに照らされピートの顔も、疲労の色が濃い。

彼が踏み出した。炎を喚ばずに剣先だけが突き出される。それを跳ね上げようとして、フレイは握った剣ごと吹っ飛ばされた。

彼が人の姿であったら、負けなかった。しかし、身長五メートルの巨人のリーチと、その膂力《りょりょく》には敵わない。

「フレイ！」

地面に転がるフレイに、亮が駆け寄ってきた。

その頃には、亮のハンマーと、特殊部隊の戦闘員及びジョン・スミスたちによって、他の巨人はすべてネットランチャーに捕らえられ、全員がフレイとピートとの戦いを見守っていたのである。

「来るな！」

フレイは叫んだ。亮が立ち止まる。

「これは私の戦いだ」

遠いあの日、世界が終わりを告げたあの時、たった一人、戦場に戻り、自分はなすすべもなく炎に巻かれて死んだ。

（やり直して、今は違うと、確かめたい。未来が開けていると実感したいのだ）

フレイは立ち上がり、剣を構えて、ピートに向き直った。彼は勝ち誇った顔でフレイを見下ろしていた。灼けた鉄の色をしたレーヴァテインの刀身が輝きを増す。今度は炎を喚ぶつもりだ。

――残念だったな、フレイ。

ピートの姿が、スルトに重なった。

（私は、自分の手で、悪夢の結末を変える！）

フレイは、剣から冷気をほとばしらせながら、ピートに向かって走った。迫る炎を遮りながら、間合いを縮める。

ギン！　と火花を散らして刃が交わった。ねじられるような力が柄に伝わり、次の瞬間、フレイの剣はレーヴァテインに掠《かす》め捕られ、フレイの手から離れた。光の尾を引いて剣が宙を飛んでいく。

「人間は巨人に勝てないのだよ、フレイ」

まだ炎を吐いているレーヴァテインをフレイに向け、ピートは笑った。その顔が、突然、驚愕の表情に変わる。

「な、なぜ……」

彼の体が、前にのめった。地響きを立てて突っ伏した彼の背中には、フレイの剣が突き立っていた。

「神話の通りですよ。その剣はふさわしい者が持てば、独りでに動いて巨人を倒せるのです」

フレイが「戻れ」と念じると、剣は意思ある物のように、ピートの背中から抜けてフレイの手に収まる。

傷口から大量の血が流れ出た。操る者の力が供給されなくなったためか、レーヴァテインにまつわりついていた炎も自然と小さくなり、やがて消える。

フレイはピートに歩み寄り、その手からレーヴァテインを奪った。フレイが柄を握った途端、手の大きさに合わせてレーヴァテインが縮む。

厚い雲に覆われた空から雨粒が落ちてきた。熾火《おきび》のように小さな炎を上げていた地表からジュッと音を立てて湯気が上がる。

フレイは、ピートの顔の横へ回り、剣の先端を彼の鼻先に突きつけた。

「投降したらいかがですか」

「……私が人間ごときに屈すると思っているのか」

ピートは苦痛に顔を歪め、それでも挑発的な笑みを浮かべた。

「全面的に私に協力を誓えば、傷を治療してあげましょう」

フレイは、ヴァルを見やる。彼は、少し離れた場所で、負傷した戦闘員を蜂蜜酒《ミード》と呪文とで治療していたが、フレイの視線に気づいて蜂蜜酒《ミード》のボトルを持って近づいてきた。そばにいたアリもついてくる。

「そのまま放置しておけば出血多量で死にますよ」

「殺せ」

ピートは吐き捨てるように言った。

「サンドフェラー財団の中枢を担ってきたあなたにしては、浅薄な選択です。この基地にいた巨人はすべて捕らえました。こちらには幻術で心を操る妖精もいる。彼女が巨人たちに術をかければ、巨人の王の所在を聞き出すことなどわけありません。あなたがどの道を選べば、一族の者たちにとって有利に働くか、考えるまでもないでしょうに」

フレイの言葉に、ピートの表情が揺らぐ。

コマンダーとして巨人の組織を動かしてきたピートが降伏を宣言すれば、この戦いは終わる。その際に巨人が出す条件をフレイは考慮すると言っているのだ。

亮はすでにハンマーを手に入れ、フレイも自分の剣を取り戻した。その上、最終兵器レーヴァテインが人間の手に渡った今、総人口か二千を割った巨人に勝ち目はない。

ピートはしばし逡巡した様子だったが、ふと、ある一点に目を留め、薄く笑った。

その視線の先にはアリがいたのだが、一瞬のことだったため、フレイは気づかなかった。

雨が激しくなってきた。延焼が収まったのか、朱色に染まっていた地平も薄い闇に覆われる。

豪雨はピートの背中の傷を洗い流し、彼の体温をも奪っていった。

「私が死んでも、巨人の革命は終わらない……」

それが彼の最期の言葉だった。急速に目から光が失われ、唇から血の色が消えていく。

「残念だ。これで終わりにしたかったのだがな」

ピートの死に顔を見下ろし、フレイはつぶやいた。

いずれ巨人は滅ぼさなければならない。しかし、ピートがいれば、戦って殲滅《せんめつ》する以外の方法がとれたのだ。使う労力は少ない方がいい。

ひどく疲れていた。それに寒い。

亮が何か語りかけてきたが、よく理解できない。

(そろそろ雨を止ませなければ)

と思ったが、剣を持った手が上がらなかった。視界が暗くなり、立っているのが辛くなってきた。

「済まない。亮、少し休ませてくれ」

フレイは辛うじてそう言い、差し出された腕に体をもたせかけた。

終章

『昨日、午後四時三十分ごろ、オップラン県ヨトゥンヘイム山地南東部で大規模な山火事が発生し、地元当局によりますと、約五十平方キロメートルの森林が焼失し、付近の住民約百五十人が一時避難したとのことです。なお、この火事による死傷者はなく――』

ベッドに上半身だけ起こし、フレイはテレビのニュースを眺める。

フレイが次に目覚めたのは、オスロ市内にあるヨーロッパ・ビスコップが経営する総合病院だった。聞けばピートとの対決から一昼夜が経《た》っているとのことだった。

拷問やフェンリルの爪で受けた傷は、フレイ神としての力を取り戻したせいか、医者が驚くほどの回復を見せ、今日中に退院できることになっている。

「火事の被害がなくてよかったね」

ベッド横のソファに腰掛けた亮《とおる》が、テレビに目を留めたまま紅茶をすする。

「原因とか発表されないけど、巨人がマスコミに手を回したのかな。でも、ピートは死んだよね。彼以外に、別の有力者がいるんだろうか」

「どうだろう。レーヴァテインが起こす火事は現代の科学では説明がつかないので、自然発生的な山火事で片づいたのかもしれない」

テレビの画面が、公園で焚き火の準備をする人々の映像に変わる。周囲で遊ぶ少女たちは、ドレスを着て花冠をかぶっていた。

「そう言えば、今日は夏至祭だな」

「あの時代も、夏至祭やったわよね。主催はフレイで、いえ、フレイ様で――」

言い直すイースに、フレイは「これまで通り、フレイで構わない」と微笑んだ。

「フレイがロケット弾の発射を止めてくれなかったら、今頃夏至祭りどころじゃなかったわよね」

彼女はしみじみとした様子だった。

「そうですね。ロケット弾の発射時刻が早まっていたとは、今思うとぞっとします」

ヴァルが深くうなずく。

「すべて若君のお手柄でございます」

ジョン・スミス――巨人に捕えられたジョン・スミスとは別人――は、いったんは誇らしげに笑ったが、

「ですが、もう二度とあのような危険な真似はなさいませんよう、ジョン・スミスを代表してお願い申し上げます」

と、しかめ面をしてみせる。

「なお、捕らえた巨人は、基地に幽閉し、フェンリルも檻に戻してございますが、どのように処遇いたしましょう」

「そのままにしておけ。私が直接尋問する」

巨人たちの身辺を調査すれば、各地の巨人のアジトや、王の所在もいずれ明らかになるだろう。

「ピートの遺体はアジア・パシフィック・ビスコップの医療チームへ送れ。彼らの生態がわかれば、戦略を立てる上で何かの役に立つ」

「かしこまりました。なお、対巨人情報部のチーフから報告があると言ってきておりますが」

と、彼はイヤホンに手を当てた。

「スピーカーにしてくれ」

『各国に建設された巨人の軍事基地は、昨日の午後四時半以降、何も動きはございません』

ジョン・スミスの腕時計型ウェアラブル・コンピューターから声が発せられる。四時半というと、フレイがロケット弾の発射プログラムを書き換えた時刻だ。

『ＣＩＡその他の諜報機関もそれらの基地を監視していたらしく、昨夜遅くになって、各国の対テロ部隊がそれぞれ基地に突入したもようです。ですが、基地は無人で、遺留品はなく、サーバーも取り外されていたらしく、今のところ、どこの組織のものか特定できていないと思われます』

人間側には、巨人の存在はいまのところ知られていないようだ。

通信が切れると、「この世に巨人がいるって知られたら、大パニックになるね」と、亮がつぶやく。

「情報は抑える。それに、巨人たちは基地建設でかなりの資金を使ってしまったはずだ。今すぐに行動は起こさないだろう」

ピートは多分、相談役の立場を利用して、サンドフェラー財団の資産を横領したり、極秘に投資したりして、資金を調達していたはずだ。ピートが死んだ今、巨人はもうサンドフェラーをあてにはできない。

「全面戦争になる前に、こっちから打って出て、殲滅《せんめつ》しなくちゃ」

イースの気持ちがフレイにはよくわかる。しかし、感情論で戦略を練るわけにはいかない。

「やたら攻めても、向こうの恨みを買うだけだ。やられたからやり返すの繰り返しになる。そうやって俺たちは大昔、破滅を招いたんだろ」

亮《とおる》の言うこともフレイには理解できる。その昔、ヴァン神族とアース神族は敵同士だったが、戦争で疲弊し、結局、休戦協定を結んだ。フレイが人質となったのはその時だ。けれど神族と巨人との戦いでは和睦できず、世界は滅んだのだ。

「それに、コリンのことを考えるとさ」

亮は小さなため息をつく。

コリンがアリを逃がそうとして殺されたことを、フレイはすでにアリ自身の口から聞いていた。

「個人主義か全体主義かの議論になるな。難しいところだが、この世界を守るという私たちの使命ははっきりしている。今後の方針について、今ここで結論を出す必要はない。まずは巨人の王を見つける。話し合いの余地があるなら、それに越したことはないが、余地がなければ、王に罠を仕掛けて巨人を一カ所に集め、殲滅する。投降する者があれば、その時に対応しよう」

「そうだね。これは人間側の理屈だけじゃ決められない」

亮はうなずき、イースもそれ以上、言い募らなかった。

「そうそう、コリンで思い出したわ。レーヴァテインって、ロキの血で起動するのよね。じゃあ、コリンがロキの生まれ変わりだったってこと？」

イースが身を乗り出した。

「どうだろう。ロキは巨人で、でも俺ってかトールとよくつるんでて、コリンも巨人で、俺、結構彼のこと好きだったし。そこは一致するけど、他にレーヴァテインで斬られた巨人がいるかも」

「もしも、コリンがロキだったら現代のラグナロクの行方はどうなるの？　コリン、死んじゃったじゃない」

——破滅の枝つまりレーヴァテインは、神であり巨人でもあり、男でも女でもある者の血によって目覚める。来たるべきラグナロクに、その者がどちらに味方するかで、次世代の覇者は決まる。

マルコの地下道にあった石盤には、そう書かれていたという。

「最後はアリを助けたから、人間に味方したって考えていいんじゃないかな？　あ、現代のラグナロクはこれで終わり、この先戦いはなく、みんな幸せに暮らしました——だったらいいな」

親や学校には、フレイのつてで短期留学すると言って渡欧してきた亮は、期末テストが心配だと、急にそわそわし始めた。

「僕もです。実は論文の締め切りが迫っていて……」

ヴァルもスケジュール帳を出して、パラパラとめくる。

「御帰国の手配をいたします」

と、ジョン・スミスが腕時計型ウェアラブル・コンピューターを操作し始めた。

「私も仕事に戻らなくては、リチャードに何か言われそうだ」

フレイは苦笑した。

父母や兄には、この三日間の音信不通について、ヨトゥンヘイム山地のガルフピッゲン山を登山中に遭難したと言ってごまかした。それで、新設した特殊部隊——実際は対巨人戦闘部隊だが——ヤジョン・スミスたちが捜索に向かったことにしてある。

（取りあえず、危機は去った）

フレイがテレビに目を戻すと、夏至祭の特集をやっていた。夏至祭は北ヨーロッパ全土で、キリスト教が伝播する以前から行われているというが、おそらく、過去のあの時代の名残なのだろう。

イースが言っていたように、夏至の日には、フレイはフレイ神として富と豊穣《ほうじょう》を民に約束した。焚き火を囲み、花冠をかぶり実りを祈る。その光景がテレビの映像と重なる。

現代のラグナロクに関して、課題は山積しているが、今はこれでよしとしたい。

武器を失って、炎に巻かれて死ぬ悪夢は、終わったのだから。

「ロキの生まれかわり？」

中世の城を思わせる石造りのその部屋には、特別にしつらえられた巨大な玉座が据えられていた。

そこに、身長五メートルの本性を現した巨人が腰掛けていた。

彼の前には、スーツ姿の男——人間に化けた巨人が片膝をついて、盟主を仰いでいる。

「レーヴァテインは、フレイの呪文では起動しませんでしたが、罪人を斬ったことで蘇ったと、目撃した者が連絡して参りました」

男が言った。

「レーヴァテインは、ロキの血を混ぜて鍛えられた剣。トールのハンマーはトールの生まれ変りの血を必要としたと聞く。レーヴァテインがロキの生まれ変わりの血によって蘇っても不思議ではない」

男を見下ろし、巨人は鷹揚に応じる。

「人間界ではピート・ヘイワードを名乗っていたコマンダーがレーヴァテインで斬ったのは、コリンだけではございません。アリという少年も、コリンの後で斬られたのでございます。そして、コリンは息絶え、アリも死んだと思われましたが、後に、トールやフレイとともにいる姿が目撃されてございます」

「レーヴァテインで斬られても死ななかったと――」

巨人の片眉が跳ね上がる。

「神々と巨人と、ロキがどちらに味方するかで、ラグナロクの勝敗が決まると言い伝えられております。過去、ロキは巨人として我らの先鋒を務め、我々は神々の抹殺に成功しましたが、現代のロキは今、人間の側についております。いかがいたしましょう」

男の言葉に、巨人はしばらく宙を仰いで押し黙っていたが、やがて男に目を戻す。

「味方に引き入れるか、もしくは命を奪い、予言を無効にするか――」

巨人はそう言って、分厚い唇に酷薄な笑みを浮かべた。

青い空を背景に、世界樹と称される超高層建築物ユグドラシルの偉容がそびえていた。

人間界ミズガルズの首都、神々の住むアースガルズ。

治めるのは神の王、オーディン。

彼の館ヴァルハラの奥深く、小さな明かりが一つ灯《とも》されただけの部屋の中央には、石の壇が二つ据えられていた。

それぞれの壇の上には、トールとフレイが横たわり、深く眠っている。

オーディンは、壇の前に立っていた。背後には、ヴァルキュリアのエリーが控え、部屋の外ではイースが心配げに飛び回っている。

「大いなる《フィンブルの》冬を三度経《へ》た。間もなく星が落ちる。巫女の預言通り、巨人族との戦《いくさ》が始まる。そしてその戦で、そなたらは命を落とすだろう。それが、神々の運命《ラグナロク》だ」

壇の上で眠る二柱の神に目を留めたまま、オーディンはエリーに告げた。エリーは息を呑み、外にいたイースもうろたえた様子で飛び込んできた。

オーディンは、両手の掌を上に向ける。その手の上に、明るく白い光が点った。

「今の世での我らの運命は変えられぬ。しかし、歴史はまた繰り返すと巫女は預言した。遠い未来に、巨人族と人間との間で戦が起こると」

「未来に？」

「その時もまた、星が落ちると巫女は預言した」

手の平の上の光が次第に輝きを増し、大きく膨れあがっていく。

「未来に希望を託そうと思う。我には成せなかった大業《たいぎょう》を――」

輝く光の球が手の平を離れ、浮き上がった。

「豊かさを奪い合うのではなく、与え合って幸福を得られるように」

オーディンが肩越しに振り返る。

「エリー、そなたは語部《かたりべ》になれ。生まれ変わった神々に、過去の事実を伝え、巨人の脅威が迫っていることを知らせよ」

「語部に……でございますか」

光の球が、空中で三つに割れた。そして、一つはトールに、一つはフレイに、最後の一つはエリーの胸に吸い込まれる。光の残滓《ざんし》に、温かさと切なさの混じったオーディンの心を感じ、エリーは胸を押さえた。

「ラグナロクは――愚かな我の咎《とが》だ」

独り言なのか、それともエリーに告げたのか、オーディンは低く静かな声で言った。

あとがき

こんにちは。村田《むらた》栞《しおり》です。「ナインスペル」を手に取っていただき、ありがとうございます。

この物語は、既刊「オーディンの遺産」の続きになります。前巻は、ごく普通の高校生の亮《とおる》が主人公で、驚いたりおろおろしたりしながら、自分の前世が雷神トールであることや、課せられた使命などを知っていくというお話でしたが、今回の主人公は、英国貴族のフレイです。富と豊穣の神の生まれ変わりである彼は、現世での立場や財力を駆使して、大胆に敵に立ち向かっていきます。前巻とは、ひと味違う雰囲気をお楽しみいただければ幸いです。

鈴木《すずき》康士《やすし》先生には、お忙しい中、超絶美形かつクールなフレイをありがとうございます。画集の中の三人もとても格好よく、現代と神話とが混在する世界に魅了されました。画集「視線」の刊行、本当におめでとうございます。今、画集と付録のＣＤで、心の栄養を摂取しているところです。

担当様を始めとして関係の皆様には、大変ご迷惑をおかけし、何とお詫びしたらいいのかわからないぐらいです。拙作《せっさく》を本にしてくださったこと、本当にありがたく思います。

最後になりましたが、読者の皆様に、心から感謝申し上げます。この物語は、あと一巻続きます。それまでおつきあいいただければ、とても嬉しいです。よろしくお願いいたします。

では、残暑厳しき折、どうかご自愛ください。

村田　栞

この本を読んでのご意見、ご感想などをお寄せください。
村田 栞先生・鈴木 康士先生へのはげましのおたよりもお待ちしております。
〒113-0024　東京都文京区西片2-19-18　新書館
【編集部へのご意見・ご感想】小説ウィングス編集部
【先生方へのおたより】小説ウィングス編集部気付　○○先生

【初出一覧】
ナインスペル　オーディンの遺産Ⅱ：書き下ろし

ナインスペル オーディンの遺産Ⅱ

初版発行：2016年9月10日

著者　村田 栞 ©Shiori MURATA
発行所　株式会社新書館
［編集］〒113-0024　東京都文京区西片2-19-18
電話(03)3811-2631
［営業］〒174-0043　東京都板橋区坂下1-22-14
電話(03)5970-3840
［URL］http://www.shinshokan.co.jp/
印刷・製本　加藤文明社

ISBN978-4-403-22102-6